暗夜亮灯 的 阿斐

阿斐——著

孟繁华 张清华/主编

情感共同体
80后作家大系

山东文艺出版社

图书在版编目（CIP）数据

暗夜亮灯的阿斐/阿斐著. -- 济南：山东文艺出版社，2024. --（情感共同体·80后作家大系/孟繁华，张清华主编）. -- ISBN 978-7-5329-7194-7

Ⅰ. I227

中国国家版本馆 CIP 数据核字第 20246R79T7 号

暗夜亮灯的阿斐
ANYE LIANGDENG DE AFEI

阿斐　著

主管单位	山东出版传媒股份有限公司
出版发行	山东文艺出版社
社　　址	山东省济南市英雄山路 189 号
邮　　编	250002
网　　址	www.sdwypress.com

读者服务　0531-82098776（总编室）
　　　　　0531-82098775（市场营销部）
电子邮箱　sdwy@sdpress.com.cn

印　　刷	肥城源盛印刷有限公司
开　　本	620 毫米×1000 毫米　1/16
印　　张	13.25
字　　数	170 千
版　　次	2024 年 7 月第 1 版
印　　次	2024 年 7 月第 1 次印刷
书　　号	ISBN 978-7-5329-7194-7
定　　价	49.00 元

版权专有，侵权必究。如有图书质量问题，请与出版社联系调换。

总序
80后：一个情感共同体

孟繁华　张清华

"情感共同体"，是新近兴起的历史学流派——情感史研究的概念。这个历史学研究流派被称为史学研究的新方向，它在考量客观事实的同时，还关注到人的道德、行为、信仰与情感等因素。美国学者苏珊·麦特和彼得·斯特恩斯指出，对情感的研究改变了历史书写的话语——不再专注于理性角色的构造，而情感研究已有的成果已经让史家看到，不但情感塑造了历史，而且情感本身也有历史。当然，研究历史与情感的关系和研究文学与情感的关系，是完全不同的两回事。借助历史研究的"情感共同体"概念，意在说明，这个共同体是一个真实的存在，而并非空穴来风。

将80后作家群体看作一个"情感共同体"，当然也只是一个比喻，一如我们此前将70后看作"身份共同体"一样。任何比喻都是有欠缺的，但可以将比喻对象更形象地呈现出来。另一方面，即便是80后本身，他们也从不同的方面将作家看作一个"共同体"。80后有代表性的批评家杨庆祥，写了《80后，怎么办》一书，引起很大反响，特别是在80后群体中，反响更强烈。张悦然说："十年前80后主要是一种反叛形象，主要写的是叛逆青春,那时候的80后肯定不需要《80后,怎么办》这本书。但是到了现在,变化非常大。我的问题在于,这代人是不是变得太快了一点,好像青春结束得太早了一点,一下子就进入了一种很委顿的中年的状态里面。正是在这样快速的消失当中,我们这一代人需要停下来审视自己。"由此可见,杨庆祥的困惑切中了一代人的思想脉络。他书中提出的问题,比如"失败的实感""历史虚无主义""抵抗的假面""沉默的'复数'""从小资产阶级梦中惊醒""我们这一代没有真正的青春""我依然属于弱势群体""能够受到一些公平的待遇就可以了"等,因有极大的"共情性",而受到了同代人的关注。这是80后内部对"情感共同体"认同的一个佐证。但无论如何,杨庆祥还比较客观。他终究还认为"我们是比50后、60后和70后更幸福的一代人"。这当然是另外一个话题。

在现代社会里,每个人都是当然的单个主体,但每一代人也必定有某种共性,虽然这共性也是被建构和解释出来的。80后的共性是什么?也许很难说清楚,杨庆祥的阐释或许也不能说服所有人。要想为他们找一个最大的"公约数",确乎很难。但是,从某种意义上来说,这一代人有着相似的文化与社会境遇,却是事实。这种境遇在我们看来,或许就是一种历史的"错位感"与"迟到感"。他们成长的阶段,刚好是中国社会迅猛变革与走向市场化的年代,他们的童年与青春时代,经历了中国社会价值观的剧烈转换;而等到他们长成的时候,中国的社会已历经世纪之交,进入了一个阶层逐渐固化、机遇相对减少的时期。相对优越的成长环境、比较早地受到关注,与成年后的某种失落之间的落差,带给了这一代人特有的困惑与迷茫。

从这个意义上,与其说他们是一个"情感共同体",不如说是"经验共同体",只是这样说不够清晰和强烈而已。要想说得有效,而不只是"求正确"的话,那么"情感共同体"是一个必要和不得已的强调。但是须知,在情感体验与情感表达之间,也同样存在着巨大的差异,人的个性差异在文学表达中,尤其有决定性的作用,更何况,人所表达的情感,也未必是他内心感受到的真情实感。所以,从根本上说,即便是同代人,他们的创作也未必在同一个声音频道里。因此,恰是这些相同和差异,一起构成了这代人的整体特征。我们必须承认,现在我们讨论的80后作家,与刚刚出道时的80后作家已经非常不同。对那时的80后作家,社会和文学界都有不一样的看法,比如有的人认为,他们过早地被市场裹挟和被书商包装了,他们没有经历上几代作家所经历的那些制度性的历练,所以在他们之中也就"看不到跟经典写作接轨的作者"。同时还有一种看法,就是他们除了书写个人成长经验之外,很难进行真正的"创作",对社会问题和社会公共事务还不具备处理的能力。

然而时过境迁,经过十多年的锤炼和努力,以及社会不同方面的合力培育,现在的80后已经蔚为大观,且早已实现了"纯文学"意义上的承前启后,逐渐成熟并走向了文学创作和批评的一线。为了培养文学批评队伍,中国现代文学馆已先后邀请了十余届客座研究员,这些人中的相当一部分是80后,十余届中已有数十人,其规模已足以令人生畏。更有第三届客座研究员,还将他们自己命名为"十二铜人",显然隐含了自我认同的情感关系。鲁迅文学院多次举办"青年作家高级研修班",参加者也多为80后。更有专门以培养"文学新锐"为己任的文学刊物或栏目,比如专门举荐文学新锐的《西湖》杂志,以及《人民文学》的"新浪潮",《十月》的"小说新干线",《北京文学》的"新人自荐",《作家》的"处女作",《天涯》的"新人工作间",《民族文学》的"本刊新人",《中国作家》的"新实力"等等,都培养了一大批80后作家。正如80后青年批评家行超所说，最近的这二十年，既是中国社会经济、文化思潮、价值取向发生巨大转变的二十年，也是80后一代从青春期的少男少女成长为家庭支柱和社会中坚力量的二十年。80后一代在生理和精神上的全面成长，必然导致如今的80后文学与此前呈现出若干显见的变化，世纪之交那种与市场需求、商业逻辑等相纠缠的青春文学，已逐渐在他们笔下消失，取而代之的，是在内容、主题、艺术手法等多方面都变得更加成熟、更加复杂的多样性的写作。到今天，在纯文学刊物、出版市场、网络文学等各个文学场域，80后作家都占有重要的位置。而这代人写作历程中所经历的变化，恰恰构成了中国文学在新世纪发展流变的一个面向。

从诗歌领域来看，80后的一代，似乎已经没有当年70后登场时那种明显的策略意识。他们既不急于标张自我文化身份的独异性，也不刻意强调与前代的继承性，在诗风上是相当"稳健"的一代。从社会身份看，他们也主要有两类，一类是"学院派"的，一类是"非学院派"的——隐藏于社会各界与三教九流，但共同点是，文化素养都相对较高。其中"非学院派"的一类在写作上更接地气，像丁成、阿斐、唐不遇，还有女诗人中的郑小琼、李成恩，他们都是现实感非常强的诗人，当然表达个性都各自有鲜明特点；而茱萸、胡桑、严彬、王东东则都属学者型的诗人，有很强的学院背景和诗学素养，他们的写作可以说都非常自信，有从容不迫的气度，既充满知性，同时又不掉书袋，殊为难得。这两类诗人，并没有像"第三代"那样分为"民间写作"和"知识分子写作"，他们几乎已经消弭了这些对立和差异。即使是像郑小琼这种出身底层、从"打工诗人"群体中成长起来的写作者，也体现出良好的素养，也写过许多具有先锋气质的，以及"纯粹植物"意义上的诗歌。

总体上，80后一代的文学评论家、小说家、诗人、散文家，已经全面覆盖当代中国文学的各个场域。为了推动这个文学群体的健康发展，鼓励青年作家创作，我们在编辑"身份共同体·70后作家大系"之后，应出版社之约，不得不继续勉力集合"情感共同体·80后作家大系"，深感使命难违，与有荣焉。但实在说，又恐因为年龄阻隔、代沟之障，对他们的理解和阐释其力难逮，说出外行话来，令方家和晚辈嗤笑。所以，多不如少，与其在这里喋喋不休，不如让读者自去判断。

致敬山东文艺出版社的朋友们，他们高瞻远瞩的文学眼光和情怀令我们感佩不已；也致意80后的青年才俊，他们的积极响应也令我们倍感欣慰。让我们一起努力，继续为中国当代文学的发展添砖加瓦。

是为序。

龙虎山月（代自序）

清明节扫墓完毕，我从老家出发，向着鹰潭方向返回广州。我想顺道往龙虎山一游。几个小时的车程，到龙虎山高速出口时，天已大黑。借着车灯，我看到路两旁严肃矗立的黑将军，排成一排，亿万年如一日地沉默着，等待我今日的造访。我敬佩他们，这些忍耐力非凡的山，在我的记忆中犹如天人。

山间公路已到尽头，左转，往景区小镇驶去。就在拐弯的一瞬间，我微微右偏的眼睛，看到了一首诗：

峨眉山月半轮秋，影入平羌江水流。夜发清溪向三峡，思君不见下渝州。

这是当年李白所见，如今峨眉山换作龙虎山，其诗稍作修改：

龙虎山月满轮春，天师长啸已成尘。野花雄踞九千里，唯有君处是清明。

今天恰好也是阴历十五。一轮清亮的满月，孤悬在黝黑连绵的龙虎山头，一把撕烂的棉花，散落在满月周围，看样子不像是做伴，更像是意欲侵占月亮的领空。我忽然感觉夜晚的龙虎山犹如江西的昆仑山,同为天神护佑的它们,神态相似至极。

　　下车。静立在路边,我一句话也说不出。最动人心魄的时刻,也是最感慨词穷的关口。也许这就对了,人类的语言本就如此苍白乏力。再伟大的诗句,也是盲人摸象而已。每个人心中都有一种失语的壮美。欲言还休,证明你身上感受未知的细胞还没有死。一如初生的你我,面对这个突如其来的庞大世界,除了哭,还是哭。哭就是有待考证的语言。此刻,我有哭的冲动。

　　我在脑海里搜索自己矫情的证据。我搜出了往事,但往事何其轻佻。我搜出了历史,搜出了先民们顶礼膜拜圆月出群山时的场景。尽管只是想象,然而一代又一代人仰望同一夜空的死生轮转,多少映照了此刻的一点苍茫。但不止于此,绝对不止。

　　唯有"我"才能解释,此地的常见风景为何夸张到人世沧桑所不能媲美。我的解释与语言无关。我依靠的是英雄主义的伎俩,把自己膨胀成无生无死的天人。"天长地久,天地所以能长且久者,以其不自生,故能长生……"然而此刻我只能自生,不寄身于人类与神灵的疆域。我看到超脱生死的我,傲立无边,无一时不是我的时代,无一人不是我的附庸,无一景不是我的创造。我俯瞰我的杰作,那些哀号,那些厮杀,那些歌舞升平,那些道德伦理,那些庙堂易转,那些沧海桑田,尽收我眼底,我兴之所至,便教天地变色、伦常倒置。而我不着急,我慢悠悠地挪动身躯,以圆月为灯,群山为杖,看遍万年间的每一张脸,从它的生成,到它的消亡,宛如欣赏一滴墨汁由浓变淡。

　　但我最终跌碎,尘埃一般浮游此处。我的魔法持续时间不及一秒。那个能一手创造又一手消灭万物的我,被一位名叫理性的天师压制住。然而那个我,他多么辉煌,光焰万丈也不止,他随时可能点燃我身上每一处蠢蠢欲动的细胞,让一个身高一米七四的男人顿时高不可攀,让一副一百二十斤的身体幻化成世界外的世界、天地外的天地。那是一个谜一般的我，只要恰当的时机降临，便会应运而生，毫不迟疑。比如今晚，满月与龙虎山琴瑟和鸣，拨弄我那条不知名的中枢神经，他就来了，来得真切莫名，刹那间大过一切的大、重过一切的重。我的词穷，我的无语，正是因为他大得不可捉摸、重得不可掂量。而我哭的冲动，却是源于他只能存活不到一秒。

因为他必须立刻死去。他那魔兽般的气魄，有毁灭世界的能量，也会毁灭生长于斯的我，让我以魔而非人的形状，践踏那个生而为人的我，两败俱伤，玉石俱焚。

因为我只能有一个我。一个与孱弱为伍的我，一个以卑微为荣的我，忧生惧死，望着龙虎山月，静立无言。

目　录

总序　80后：一个情感共同体　/　001

龙虎山月（代自序）　/　001

辑一：我独自走在路上（1996—2013）

初恋　/　003

守灵　/　004

风暴　/　005

窗外的风景　/　006

一只褐色的小蚂蚁　/　007

清晨买早点的人们　/　009

侠客行　/　010

沼泽地　/　011

众口铄金　/　013

老家的亲戚　/　015

想一个人　/　017

简单的世界 / 018

下班 / 019

红花草 / 020

幻想一种爱情 / 022

这下你满意了吧 / 024

半夜想起我的朋友 / 026

五点半的阳台 / 028

日全食 / 029

镣铐之死 / 031

小丑 / 034

无声的秃鹫 / 035

他想活 / 037

等待戈多咖啡吧 / 039

落花 / 040

有感 / 041

挥别旧时光 / 042

辑二：生命如此乏味如此绚烂（2014—2018）

假期 / 045

在春天我们一起去看电影 / 046

小满将至 / 047

与老友蒲荔子夜饮九溪 / 048

致妻 / 051

工作很忙　/　052

婚礼　/　053

你的生日　/　055

他们在走廊等我一起上战场　/　057

最初和最后的孤独　/　059

刀笔吏　/　060

难民危机　/　061

轻轻一撒　/　062

满觉陇路农家茶庄与诗人谷雨喝茶　/　063

玫瑰与发糕　/　065

读陶渊明，兼赠诗人子艾　/　066

怀念一个人　/　068

我的美学　/　069

醒来，窗外大雨　/　070

秒速入夏　/　071

乡村童话　/　072

无期徒刑　/　073

骑行在冬日城郊　/　074

朋友送来新鲜的荔枝　/　076

炎夏游西泠印社　/　077

夏夜电影　/　078

辑三：晃晃悠悠在历史的河里游（2019—2021）

暗夜亮灯的阿斐 / 083

穿着大马猴睡衣坐在冬日阳光里写诗 / 084

冬夜醒来 / 085

我告诉小爱同学，一小时后关掉巴赫的音乐，
　她说好的 / 086

下班后我跟女儿一起喝萝卜排骨汤 / 087

月明大寒 / 088

吃完一只橙子后开窗与天上月对谈 / 089

朋友说她九十岁的姥姥今天过世了 / 091

客至，打地铺，想起儿时 / 092

拜年亲戚家围炉即兴 / 093

微醉野外小解有所感 / 094

终于 / 095

兄妹仨 / 096

情人节团结湖观雪 / 097

刚结束工作，喝普洱茶，听吴兆基古琴曲，
　若有所感 / 098

元宵夜与友对饮二十五年陈酿 / 099

病中观雨 / 100

远光灯 / 101

杭州破纪录连日阴雨 / 102

天居然晴了 / 103

重读《社会契约论》有感 / 104

刮痧有忆 / 105

惊蛰 / 107

深夜返回仍在下雨的杭州 / 108

看到一个常用字却觉得不像 / 109

春分 / 110

阳台上坐着一个奇怪的人 / 111

垂丝海棠 / 112

鲫鱼 / 113

人间烟火 / 114

加班 / 115

看同学群翻出一堆旧照片有感 / 116

写于绵阳机场 / 117

下班时看见天上一弯月 / 118

感冒有感 / 120

长胖后 / 121

酒后醒来打开门，鄱阳湖边群鸟鸣叫 / 122

过黄山向婺源途中 / 123

北海道之行 / 124

江湖夜深 / 125

雨夜归家收到苏轼诗词集 / 126

酒后观霍去病打通河西走廊 / 127

听首歌度周末 / 128

朋友一家人来我家吃晚餐 / 129

初夏之晨 / 131

工作 / 132

看书至夜半有所感 / 133

清洁空调预备度夏 / 134

一家人一起看电影《人生果实》 / 135

登机后速写 / 136

厦门行 / 137

朝云 / 138

葱油饼之晨 / 139

大时代就在我们身边 / 140

大雨倾盆 / 142

得知一前同事因抑郁症而亡 / 143

独坐品九曲红梅 / 144

翻阅艺术简史 / 145

杭州秋 / 146

居家 / 147

蓝鲸 / 148

老妈跳广场舞视频观后感 / 149

粟水河望月 / 150

凌晨醒,记梦 / 151

美股再次熔断 / 152

他问我为何股市熔断也能写成诗 / 153

深夜谈完工作后阳台听雨 / 154

朋友发来巴马的照片 / 155

琐碎工作之余闲翻宋词 / 156

通宵达旦有所感 / 157

望庐山 / 158

夜半小院 / 159

夜宿宜春小洞村望月 / 160

与诗人马随一夜长聊 / 161

早起出行 / 162

独坐树下 / 163

望高楼 / 164

闲居闲林镇 / 165

晨起 / 166

夜深，家人已熟睡 / 167

祖国 / 168

阿斐访谈录（代后记）/ 169

辑一：我独自走在路上
（1996—2013）

初恋

第一次听到她的声音
第一次见到她的笑脸

(第一次被她打动
第一次夜不能寐)

第一次听到她的叹息
第一次见到她的愁容

(第二次被她打动
第二次夜不能寐)

第一次听到她诉说
第一次见到她哭泣

(第三次被她打动
第三次夜不能寐)

我握她的手,拥抱她,吻她
始终保持亢奋状态

守灵

一个朋友死了,你为他守灵
你是在守候灵魂复生呢
还是在守候拘魂的无常降临
其实我知道,你从未考虑这些问题
你只是死一个朋友,就流一次泪
晚上就去为他守一次灵
对你来说这不是仪式
不是红旗飘飘的典礼
因为每度过这样一个夜晚
你就要面庞憔悴,头晕目眩
无形中缩短了别人为你守灵的日程
你从不在意,从不对自己说
别坚持了,笨蛋,死人无法复活
你一次比一次哭得卖力
一次比一次守得虔诚
一次比一次更憔悴、更眩晕
直到有一天,最后一个朋友对你说
明天我就要死了,你不必为我守灵
这时你才感觉手腿乏力,坐立不稳
一跤跌在地上,再也无法爬起
你终于发现死之将至了

风暴

风暴渐至
我独自走在路上
我孤独,乃至自恋
我倔强地承受风暴将至的恐惧与悲凉

窗外的风景

清晨拉开窗帘（其实是一件上衣）
我打量外面的世界（其实是一个垃圾场）
一个孤独的女人（其实是拾垃圾的老妇）
仰头望天（其实是打哈欠）
鸟儿在不远处歌唱（其实吵得我心烦）
白云躲进了天堂（其实是因为阴天）
世界如此静谧（其实噪音不断）
此刻我心如止水（其实是头昏脑涨）

一只褐色的小蚂蚁

在我遇到它之前
这个微不足道的小生命
已经开始顽强地迈步
而我遇到它时
它正在一片树叶周围转悠

它的家在哪儿呢
也许它也记不清楚
这个盲目的小东西
在我冥思苦想的时候
那么突然地闯进我的生活

这些年来
我该见到过多少这样的小蚂蚁
从童年到成人
从家乡到北京

小时候
我撒泡尿淹死一大群蚂蚁
怎么就没想到
它们那些小小的身体里
也会挤出一滴临死的泪呢

可爱的小东西
这只褐色的小蚂蚁
爬上那片树叶
它有多少快乐
我就有多少快乐吗
我活到了二十岁
它能不能活到第二个黎明

我拿起那片树叶
看着这只可怜的小蚂蚁
而它竟然挥动触角
似乎对我表示友好
或者在向我致敬

清晨买早点的人们

他们跟我一样
疲惫、匆忙,皱着眉,往人群里挤
大声嚷着包子、油条、馄饨等各种早点的名字
那些和我一样的人
经历了晚上的失眠或美梦
一大早起来
提防着车祸、凶杀、被炒鱿鱼,种种威胁
用嘴巴骂人、吐痰、打哈欠
等着买完早点,又用嘴巴咀嚼食物

侠客行

万物都要将苦难遗弃
我独自偷欢

在偏僻的角落
谁在咀嚼苦难的核

谁突然扑灭所有灯盏
谁的骨头在黑暗中咯咯作响

万物都要在平静中死亡
我独自扭曲全身肌肉

谁的死亡充满恐怖与血腥
谁在明晃晃的杀气中骤然一声断喝

万物都以万物的形状倒下
谁笑着化作一阵轻烟

沼泽地

这是我第一次看见沼泽地
这是真正淹没人群的区域
水泊透出黑色的光芒
我远望这块埋人的土地
我身处其中,忘却了恐惧
死亡在周身弥漫开来
我紧抓一棵救命的草
我期待活下去,继续活下去
城市远离我的视线,我被黑色掩盖
天空在不远处,蓝色表示鄙夷

这是属于我的沼泽地
它融合了我的肉身和思维
在乡村,我度过了我的童年
在父母的视野里我碌碌无为
在嬉闹声中我茁壮成长
我梦想的沼泽地隐藏了一位
将要委身于我的女人
白色的鸟群遮蔽了阳光
我们在伞的庇护下相拥而眠
我们在沼泽地里互相追逐
踩在柔软的土地上

世界是在周围吵嚷的侏儒

我所在的人间不是乐土
我的生活布满了沼泽的芳香
我的青春生涯结束于多次未遂的恋爱
现在，我真正面对
这片一望无际、想象过无数次的沼泽地
我无法把梦想重新拾起，不敢踏进它半步
只能远远地张望，像灰尘俯瞰大海

我没有残酷的记忆
那些血腥的日子与我无关
那些在沼泽地里挣扎的人
在我的眼里形同远古的虚幻
我只是面对这样一片巨大的真实
在琐碎的日常生活中
我无意中走近了它
然后萌发无谓的感慨
想象自己在其中发出死前的哀号

众口铄金

朋友告诉我
我变了
是变了
面目全非
群众的眼神已经异样
我的孩子都快出世了
而我昨天还是个小孩

孩子的母亲躺在床上
像一只毫无灵感的蚌
机械地睡着
像所有初为人母者那样
没有目的
没有记忆
梦中她的丈夫披红挂彩
乡间最耀眼的新郎

如果我是一头猪
命运会赏赐我一个猪圈吗
如果我是一个人
孩子她妈,是否会赏给我一个安稳的未来

所以我变了
变成了朋友预想的模样
一个坐着八抬大轿的草民
战战兢兢地伸出孱弱的手
迎合命运的安排
像甘霖之下无辜的万物

老家的亲戚

我的亲弟弟、表妹、表弟
你们一来
就让我深感不安
本以为自己已成断根的草
在家乡那块埋人的土地上
我的呼吸已经消失
试图快刀斩乱麻的杀手
欺骗了自己
隐匿过去的生活
躺在时代的阴沟里
来看看我住的钢筋水泥吧
带你们逛逛这座无辜的城市
那些和我们一样的脸孔
消磨着什么样的人生
万年后你们如果还来找我
还把我当作兄弟那样倾心谈笑
我一定会把脑海中的记忆和盘托出
那是什么样的年月
什么样的心情
你们稚气的成熟只为了换取六百元一月的报酬
一位六十公斤重的妻子或丈夫
一个三点五公斤的婴儿

以及老家那片山林中两平方米的乐土
你们会惊讶于从前的岁月
我和你们一同坚守的光阴
相互对望，满脸好奇

想一个人

想一个人可以离它很近
它就摆放在你身边
像油画中的一只苹果
你绝望地守候它
思念踩得你焦头烂额
从清晨到夜晚
从失眠到噩梦
你的嘴唇始终没有触碰到
一个贴着你身体的幽灵

简单的世界

一种简单的情感
几句简单的话
两个简单的人
生活是简单的童话
外面下着简单的雨
树叶发出简单的响声
男人抽着简单的烟
女人露出简单的笑
在一间简单的屋里
上演一场简单的戏剧
有时也会有简单的拥抱
偶尔也听到简单的呻吟

下班

我压低口哨的音量
电梯来了,几个熟悉的面孔
我们互相点头
保安的眼神依然严肃
走出大门的时候
有个美女一闪而过
我看见昏黄的天空
一朵白云飘往远方
城市正在变黑
我低头越过行乞者佝偻的背
一对男女站在天桥上发呆
凝固的车流像一根冰棒
晃晃悠悠地融化
我决定不坐公交
喊来一匹秦国的马
我不擅长骑术却毫不犹豫地爬上马鞍
再见了我的时代
我要去远古觅食
和我们的祖先称兄道弟
娶一个丰满的老婆
生一堆强壮的儿女

红花草

冬天来了,广州并不冷
在铸山村,我的家乡
红花草的种子在另一个世界苏醒
春天绽放于它们的躯干
越贫寒越美丽
来年在我的世界
一群人踩过遍地紫色幼花
穿越两公里时空进入学堂
他们在红花草的身体上
精确犁出一条供两人并肩的路
并适时摆开战局
一群人分成两组
有人把一块泥团准确地投到我脸上
战争才真正开始
双方扭打如两队哺乳期的小黄牛

已经过去很久了
有人坐在电脑前,敲打着键盘
有人已魂归西天,带着伙伴们未了的梦
春天走得缓慢,却来得匆忙
城市的大街小巷容不下一朵紫花的微笑
我在来年的春天里

只能把脚掌铆在坚硬的地板上
家乡的红花草长势茂盛，寂寞逼人
在它们的记忆中
再也没有谁比得上一条穿梭的蚯蚓
我的那些孩子已经杳无踪迹

幻想一种爱情

她用她那双仿佛历经沧桑的眼
试探我那颗几乎麻木的心
我感觉到了我想拥有的一切
娇小的身段，小巧的嘴唇
和轻声慢语，温驯的表情
这意味着最美妙的肉体之吻
只有想象才能触摸到的快乐
摆放在身边，恍如梦中的场景
失散多年的青春重返我的身体
我当然应该——爱她，或者，勾引她
我当然应该像一名多情浪子
诱惑她将开未开的花蕊
那一朵开放在村庄后山上的报春花
我当然应该变成一头春牛，吮吸她黎明时分的露水
我当然应该伸出长长的舌头，用细软的舌尖给她以最真
　切的爱情
我当然应该想当然地幻想梦寐以求的男女之恋
幻想我像痴情的宙斯，化身一头强壮的公牛
我把她放在自己的背上，漂洋过海
跑遍全世界，为她觅得一片名叫亚洲的沃土
我战胜了传说中的妖魔和怪兽，战胜了自己的懦弱和
　卑微

幻想自己轻轻地把她安放在一方名叫中国的平原上
现在,我们当然是这块领地的唯一主人
我当然应该是伟岸的丈夫,而她是我忠诚的妻子
我用大自然中能捕捉到的一切声音来赞美她
给她以安慰,抚平她的恐慌和孤独
我当然应该给她建造最美的木屋,而她是木屋中漂亮的花鹿
晚上从木屋中传出的每一句呻吟,当然应该娇羞而幸福
早上我从天空采集一堆明亮的阳光,照耀她的慵懒和美丽
我们的每一天都像远古的诗句一般开始
我当然应该海阔天空地幻想,而她悄悄地别过头去
我当然应该在她幻想之前超越她全部的梦
当她开始说人生,而我早已往人生深处堆积柔软的稻草
当她开始说忧愁,而我早已把欢乐明晃晃地挂在她眼前
我当然应该给她铺就一条无限光明的路
在灾难来临之前,我当然应该抹去所有灾难的踪迹
让她深信爱情的能量,深信我们的过程和结局
对视,拥抱,抚摸,亲吻,聊一切可聊之事,解决一切难以解决的问题
我们合二为一,我们天下无双,全世界只有我们才拥有人间的真爱

这下你满意了吧

明天,或者现在
我将成为一名中年男人
迈着稳健的步伐
走向人群

我将不停地微笑
对着熟悉的脸
点头,寒暄
准确喊出对方的名字

除非遭遇危难
绝不大声喧哗
我用细软温润的语调
慈祥地回答晚辈的问话

说一不二
尽一身之力兑现承诺
别人赐予我的
我将加倍偿还

包括这个
伟大的祖国

我将投入一百年的光阴
为它添砖加瓦

死的时候
我将神色安详
紧闭双眼
不张开嘴巴

半夜想起我的朋友

两颗草莓躺在茶几上
多像我的江湖义气
红润,带着必死的决心
活在易碎的玻璃上

那些鲜艳的面孔
从梦中蹿起
逼迫我正视、回想
心眼泛泪

如同一位末代游侠
我愿意在称之为友情的
那种草莓体内
收获甜蜜与酸涩

我还是谨小慎微了
把自己安放在远方的角落
以孤独的名义安全着
等待意外的造访

而这么多年
脑中人来人往

只有钥匙的噪音
伴我回家之路

五点半的阳台

夜色中的清晨
鸟鸣声声,有人类的怨恨
我站着,立地成佛
看众生如何洗灭忏悔

日全食

我们互相阅读,神秘窥探
命运在两副身体中间,安置了一个月亮
有一天,我们七窍失灵
如此巨大的黑暗
覆盖了你,也覆盖了我

灾难?灾难
我们在两个不同的世界
挥手,呼喊
听不见,看不到
我的小心翼翼再也不能
触摸你的忐忑不安

我们彼此以死亡相称
我的地狱,是你想象的天堂
再也没有纠缠如麻的拌嘴
没有不假思索的恨
没有怒目,没有龇牙咧嘴
没有捶胸的拳头
没有讨价还价的幡然醒悟
没有"我错了""你应该"
我们彼此猜测对方的乐土

那里的爱,是否长了一张
智者的脸孔

就在此刻,全部的过往
都以眼泪的形状
滴落,凝固
成为一颗悲伤的
陨石,有人轻佻地
赐予它钻石之光

镣铐之死

在伦敦泰晤士河畔厚厚的黑泥里,挖掘出一个十七世纪的铁球和铁链装置,其背后可能有一个惊心的故事。这副重十八磅的镣铐紧锁但没有钥匙,它说明戴着这一镣铐的囚犯或在外逃时溺水而亡……

死也要活着死去
这是我唯一的想法
那天我从地狱爬出来
像一只蛆虫变成飞蝶

国家离我远去
我抵达我的故乡
这片自由的埋人之土
长河内臭烘烘的淤泥

它才是我需要的世界
尽管贫瘠肮脏如斯
我在它的身体内活过
这已足够

铁链是我身上的客人
是地狱安排的盯梢者

我还有双手
尽管双腿仿佛被切割

死之前我还能活一阵
这是幸福的
由死到死是绝望的悲剧
我的悲剧有色彩

地狱里那些抗拒逃离者
将视我为笑柄
我知道我的身后故事
不会泛起半点涟漪

那些佯装安详的脸孔
我鄙视之
那些慵懒到心宽体胖的懦夫
我鄙视之

身死而魂生
他们永远是无魂之人
我将飘摇世外
尽览世间美景

我已死
我已活
只有那条铁链

永归沉寂

人们打捞上来的
是铁链的尸体
我隐形匿迹
恍如神话

小丑

我一生的表演
只为了让人群中
那个忍住眼泪的人
流出眼泪

无声的秃鹫

在人类的上空,秃鹫在滑翔
张开硕大的翅膀,死神赐予的羽翼
漫游于荒山野岭,亡灵的出没地带
寻找腐烂的身体,它们的美味晚餐

它们是死亡法则的诠释者
这些丑陋的大鸟,无声无息
携着带钩的长喙,啄食腐肉的嘴
随时准备挖开你沉默的心脏

它们孤独,离群索居
看上去胆小、谨慎、犹豫不决
仿佛思虑过度,心事重重
它们命中注定秃顶一生

掠夺是它们唯一的壮胆利器
猎食场上的秃鹫,像一把疯狂的刀
白色的脖子变得通红
它们此刻是一名嗜血的暴君

在某张照片里,在苍茫高原上
一只秃鹫亮出赤色的头颈

它撕开一具蜷缩的尸体
像我们撕扯一块带血的牛扒

而在世界的这一边,我的小屋里
一位闲散的看客,眨巴着眼睛
忽然眉头一紧,心跳加速
仿佛灵魂瞬间被谁攫入天堂

他想活

我堂妹的外公
那个轻言细语、瘦高矍铄的老头
那个做了一辈子中学教师的老知青
那个写完《红尘逸事》便歇笔养生的老文人
过世了
清明节,我接到电话
心怀不安
在我的高中时代
他就像我的亲外公
我曾陪他下象棋
被他杀得丢盔卸甲
他呵呵一笑
没有说话,只用目光安慰我
堂妹说
他走得很安详
八十九岁高龄
也算寿终正寝
而我却听奶奶说
他在病中不断地抱怨家人
不断地旁敲侧击
释放想继续活下去的信号

我曾以为

经历过一辈子苦难

经历过一辈子世态沧桑的老家伙

是求速死的

而我错了

人这种东西

哪怕多少次死里逃生

多少次痛不欲生

仍想活着

活得再艰难,再无耻

再低声下气

再孤独寂寞

唯有活着是真理

等待戈多咖啡吧

多少年后,我们在天堂相会
还能想起那个夜晚
几个伪装成良民的文艺男女
黄瓜条、鸡尾酒、卡布奇诺冰咖啡
那座趾高气扬的岭南之城
因为我们而悄无声息
有人拿起一把吉他,唱忧伤的歌
有人努着嘴,眼睛眯成一缕松针
那段容光焕发的盛世光阴
我们的表情语焉不详
而立之年,我们已历经沧桑
仿佛祖国的历史,压在我们肩上
沉重如霜,所以我们不敢流泪
不敢像一名轻佻的狂徒
随意释放内心的不安
多少年后,我们谈起那个夜晚
一朵浮云擦身而过
有人捋一捋长发,嫣然而笑
有人神色闪烁,俯瞰人间
当年的我们仍坐在咖啡吧内
等待戈多,一脸茫然

落花

一滴雨,我在我左边
右边是谁?又一滴雨
树上空无一物
树下落满月光
像春天白色的花瓣
怎么会有雨
抬眼看,冬天已至
夜行人穿越茫茫寂寥

有感

把全部的死亡叠加
能刺激人类停止争斗吗
让所有的逝者复活
能换回人类和平相爱吗

他们在深不可测的地底下
恐惧和无助伴他们同眠
我们在深不可测的地面上
侥幸和麻木伴我们同行

挥别旧时光

提了一篮子悲伤的岁月终于掩面而逝
现在只有阳光
黑夜里也长满了阳光
像丰收的果蔬
足够我们享用到老
那么多尘世的暴乱只是惊雷一场
我爱的人,请用你手上的匕首
剖开大地的心脏
埋下我们的爱,让它的藤蔓缠遍所有的树梢
万年以后,树上挂满了月亮
我们含情脉脉,海誓山盟
所有美好的预言都会实现
坐在安全的方舟里,俯瞰伤心的地球
那不是我们的家园
那是我们的驿站
只有爱才是永恒的王国
王国里住满了尝尽酸楚的男女
如今他们的脸已漆上幸福的颜色
没有红黄蓝绿紫
没有悲欢愁怨忧

辑二：生命如此之味如此绚烂
（2014—2018）

假期

有热闹的鸟鸣和安静的阳光
有莫扎特的音乐和杜甫的诗
有木质的茶几和布艺的沙发
有杯中的红茶和散放的巧克力
有炉上的菌菇汤充盈满屋的人间烟火
有脑海里的思想酝酿千年的天马行空
有看不见的朋友和看得见的妻子
有可触的异乡和不可触的出生地
有四季青的爱和四月花的恨
有水流的此刻和烟雨的过去
光阴如此漫长如此短暂
生命如此乏味如此绚烂
世界广大世界小如米粒
我什么都是什么都不是
这有什么关系亲爱的们
浮生有你，我心平如镜

在春天我们一起去看电影

今天我心情很好
太阳没出来我就醒了
看着没拉窗帘的窗外红红绿绿
想起了一些梦一般的事
却没有伤感

她们脸上都有幸福的光
一个妻子一个女儿
够我写一辈子的好诗
所以我决定开车上路
带她们去看好看的电影

我喜欢照进车里的阳光
我喜欢坐在车里的我们
我还欠几个朋友的债但我并不担忧
我离飞黄腾达还差几公里而我不再追赶
我们的电影正在上映我也不慌不忙

小满将至

今夜
祖国变成蛙声
幸福变成真理
茶变成醇酒
我变成我
一切只因为
洗过澡的身体
干净
轻盈
圣灵的白鸽
从天上降临

与老友蒲荔子夜饮九溪

必须是这样
明月在薄雾里高悬
薄雾在明月里升腾
村庄在薄雾里溶解
我们在明月里羽化
必须是这样
你左手端着雪花啤酒
右手拿着一支中南海
鼻梁上架着黑框眼镜
衣服的纽扣全部解开
必须是这样
在这家清幽的民宿
有一个宽大的露台
露台上的床榻
像故宫里的一个摆件
必须是这样
我们坐在床榻上
谈论你我的过去和未来
你说话的嗓音忽然很像我
我沉默的时候变成了你
必须是这样啊
在这个毫无意义的夜晚

两个没什么不同的人
说着五十米外便听不见的话题
我却以为万米高的天能听得到
必须是这样啊我的老友
你划亮了一根火柴
我也划亮一根
两根火柴在人世间一晃
就像地球在星云里一闪
这一切何其相似
我和你，你和他们
他们和薄雾，薄雾和村庄
村庄和明月，明月和星空
星空和万物，万物和一
一和神，神和有，有和无
必须是这样
我们在江南的月雾里相聚
又好像在月雾里分道扬镳
你从人世的那头出走
我在天边的这头离开
很久以后
人们传说着这个晚上
我们谈论了天道神佛宇宙万物
你我不声不响
不声不响地变成月光中的一束
变成薄雾里的尘埃一粒
围绕着他们

他们正像今晚的我们那样
天悬明月,如心
地腾薄雾,如情
毫无目的地聊着
没有原因地感叹

致妻

我背过身去
你在我们的家门口
等我一生
你准备在家门口等这个浪子一生

我转过身来
你伸手帮我擦去
羞愧的眼泪
你毫无怨言地擦去我羞愧的眼泪

在这个世上
谁让我不断地出逃又不断地逃回
谁忍受我的荒唐又原谅我的荒唐
是妻啊

工作很忙

我在森林里
猎杀狼、兔、狐
有时也杀死猛兽和奇怪的东西
我的女人在屋里
生儿育女
编织我们所需用的一切
在我回家之前
她永远不会停止等我
向我进入森林的方向张望
如果我没有回来
不,没有如果
她知道我会扛着猎物走进屋
唤醒沉睡的孩子们
然后坐在门口
看着她静静地收拾猎物和工具

这种场景如此真实
以至于我写下这些诗句
便相信了它们
也爱上了它们
那扛着猎物的我
那等我归来的妻

婚礼

下班很晚
夜没想象的那样黑
我心情不好也不坏
总觉得有件事
好像应该做却想不起来

现在我终于想起来了
在我临睡前
脑海里飘过一个奇怪的镜头
那是一副棺材
里面躺着我的奶奶

如果你还活着
应该又在埋怨我
这个斐仔啊
又这么长时间不打电话
忘记奶奶了

奶奶我告诉你
你的号码仍在我手机里
隔一周打一次电话的约定
也还记得

只是像往常一样我仍然忙

忙啊，我这个孙子
忙到果然没能见你最后一面没能为你送终
忙到坐在你棺材边上脑袋里还想着工作
忙啊忙到你一入土我便离开
忙啊忙到忘了你已经死了

你不在了，你知道吗奶奶
我对你说你这次不会死可还是死了
人都是会死的，但你是我奶奶啊
我说过你会活到一百岁不是在骗你
然而，当然是骗你

走吧奶奶，其实我这个孙子没那么矫情
你一生受苦现在它们全部归零
我见证了你生命中最辉煌的时刻
锣鼓喧天，连唱了三天的黄梅戏
所有亲人列队相送如同送一位出嫁的新娘

这是你的葬礼
也是你的婚礼
爷爷，奶奶来了

你的生日

今晚又是你先睡着
我的老毛病也还没改
一个人贼一样想东想西
天还是有神罩着
没有塌下来
我想当英雄想了那么多年
家都被拆散架了
在熟人眼里
依然是狗尾巴草一枚
你从不这么想
从不怀疑我的高大威猛
由你的冷宫里走出来
钻进我窄窄的心窝
对待勇士一样仰视着我
我从此捡回遗失多年的尊严
亲爱的堂·吉诃德
这个世上爱已所剩无几
你的长矛和坐骑长满了古代的铁锈
你的冲杀声听上去像战国那么久远
我比神还担心你的安危
你却一直这样
源源不断地爱着

以一台永动机的形状爱一个蠢蛋
不怕死也不怕活
睡得比猪还要安稳
还要大智若愚
亲爱的猪
零点一过就是你的生日
我烧掉所有蹩脚的诗句祝你快乐

他们在走廊等我一起上战场

我站在长长的走廊里
我们站在长长的走廊里
我们排成一列一列
长长的队列站在长长的走廊里
我唐朝的先祖
你是哪一个列兵
我宋朝的先祖
请报出你的编号
我的曾祖,我的祖父
我看见你们了你们看见我了吗
我一出生就向你们打马前行
村里最高的山是我忠诚的坐骑
我的长矛你们已替我削好
我没有盾牌全身的骨头主动织成一面墙
我猎获了我的女人她紧抱我坐在我的后面
我要为你们生养一堆强悍的子孙
日上三竿时我已经扫除一大片咬合严密的荆棘林
日落之前我就会重建一个森林的王国
王国里的坟堆埋着所有的你们
我将在星月的光里加入走廊的队伍
很快我们就会见面
很快我们就会互相拥抱嘘寒问暖

我一生毫发无损
我一生都是一名斗不垮的好汉
像你们一般死了我也如活着一样

最初和最后的孤独

一群青蛙在叫
它们的快乐感染了我
我走到窗前

一群我在叫
他们的快乐感染了神
神走到窗前

什么都没有
什么都没有
孤独如一片宇宙

刀笔吏

看到一句话
既不要相信孤独
也不要相信爱

我用小刀
刮去两个"不"字
像医生在做手术

难民危机

我抱着正在哭泣的孩子
走向镜子
我看见
我就是那个孩子
而在镜子里
抱他的我并没有发现

我们谈论着
他们在苦难中挣扎
他们在恐惧中死去
他们妻离子散
他们流离失所
而在一面巨大的镜子里
我们看见
他们就是我们
我们就是你们
你们就是我
不是一群一群我
是一个一个我

轻轻一撒

正在包饺子的她
轻轻撒了一把面粉

坐在阳台上的我
轻轻撒了一把蛙鸣

饺子成形
蛙鸣入耳
这一切都那么神圣

天上空无一物
忽然繁星点点

满觉陇路农家茶庄与诗人谷雨喝茶

一杯龙井

山被洗得翠绿

我们谈论的竹林七贤垂涎欲滴

他们生不逢时

不能与我们为伍

放眼望去

盛世江山莺莺燕燕

再隆重的灾难也是小菜一碟

多平静的时光

西湖孕育的群山

群山上的茶园

茶园里的新茶

这春天待嫁的小女儿

尽在我们眼里

眉间的两道竖纹

两柄岁月的匕首

也变得温柔

相识这么多年

我们都胖了

祖国的营养已经过剩

我们不得不

收缩鼓起的腹部

以衬托心胸的海拔

多少老友隐身不见

多少青春舍身成仁

多少梦想如流星划过

多少豪言如萤光一闪

我们几乎保存完好

有如出土的玉器

浑身散发纯净的光泽

不吐一行诗句

诗依然在血管里翻腾

那些故去的书生

从盛唐和大宋飘然而至

携带李白和苏轼的酒杯

邀我们一同仙游

去古代的山水吟诗作赋

我们不屑一顾

百年之后再说吧前辈

品一口清茶

看一看远方

即将落山的太阳

倔强地照亮万物

玫瑰与发糕

玫瑰花摆在桌上
红糖发糕摆在桌上
豆腐乳摆在桌上
我摆在沙发上

摊开手
纵横交错的手纹上
我的梦想摆在那儿
我的梦还在

既不破碎
也不悲伤
像玫瑰与发糕
像腐乳和阿斐一样

读陶渊明,兼赠诗人子艾

我煮了一碗面
倒了一杯酒
翻开一本书
你正蜗居里面
像我广州的老友
坐在东晋的乡村
刚刚发来微信
邀我远距离对饮
我敬你一千年
你回我万里路
我说泛此忘忧物
你答远我遗世情
在你的时代
你没什么知己
在我的时代
你也不见得
比我的朋友更多
回到从前也是一样
那巍峨的大唐
把你从抽屉里
请出来膜拜的年月
你也如同盛世今日

独在杭州的寂寞阿斐

李白是个俗物

从来不曾懂你

怀念一个人

窗帘上有风在动
窗户紧闭

拉开窗帘
我看见
风从树尖上逃逸

空中
一个骑马的人
像一朵云

我哭了
因为有眼泪
溢出来

她到过我的小屋
我确信无疑

我的美学

我对异样的美有种宿命般的知觉
以至于我或高或低,难以站在
亿万人共处的海拔线
我超乎常人或低于常人的眼睛
总能看到一无是处中的是
穷凶极恶里的善

这让我拥有了一些奇特的朋友
让我在万花丛中,爱上一朵寂寞的花
他们总是耀眼如立于鸡群的鹤
她们也美得不合常理
总要通过我出乎意料的挖掘
才能使天空的黑,生出明月的白

醒来,窗外大雨

大雨落在窗外
像眼泪在别人脸上流
我从梦里钻出来
像一只幸福的小白鼠
逃出人类的实验室
我着迷于刚刚获得的自由
对于外面滂沱的眼泪
用江南水墨来为它命名
我是一个多么残忍的艺术家
那些伟大的作品
总是站在对苦难的美化之上

秒速入夏

进门时还是春天
出来时已经夏天

进门时还是少年
出来时已经白头

进门时拿着刀子
出来时已经皈依

进门时我还是我
出来时成一缕烟

乡村童话

待耕的田地长出黑白琴键
我们弹不出《月光曲》
光着脚驱赶误入人间的小狐狸
最小最美的姑娘是我们的观众

我们跑遍了田地的边缘
父母焦灼的呼喊让小家伙更兴奋
有人提议集体躲进树林
直到姑娘的哭声传入我们小小的心

我们放弃了报复父母的恶作剧
每个人都收获了一顿漂亮的板子
最美最小的那位观众
第二天脸肿得像李桂花的肥屁股

都去哪儿了那些顽皮的狗蛋
那些清亮的月光和鬼魂般的狐狸
我只记得那位观众远走不知名的天边
死后化成一盒灰荣归故里

无期徒刑

审判的时刻
到了
一只年老的蚊子
将在倒扣的玻璃杯里
安度余生

骑行在冬日城郊

四位老人坐着

在一家小卖部门口

阳光晒着她们

一个像奶奶

一个像外婆

一个谁也不像

一个佝偻着背

我骑自行车慢慢路过

这冬日暖阳里面

只剩半条命的村庄附近

挖掘机像狙击手

等着她们最后的时光

我像你们一样

等着每个故事的结局

好在未来的某天

讲给想象中的孩子们听

陪他们一起伤感

陪他们落泪

在冬日太阳底下

被啃掉一半的郊外村庄

一家小卖部

一把椅子

一只板凳
一条狗

朋友送来新鲜的荔枝

轻轻地剥开荔枝
我吃掉杨贵妃
吐出了苏轼

在轻佻的欲望面前
伟大的灵魂总是
显得多余

炎夏游西泠印社

闪电不在别处
人世间曾有过的多少闪电
都刻在这里的石头上

我将被晒成闪电中的一员
在未来某月某日
被某位造访者记起

他像我一样站在闪电中间
眺望西湖山水
幻想像我一样成为一道闪电

夏夜电影

我坐在沙发上
看见鸣虫的声音
变成一幕昨日的电影
在窗玻璃上放映
我看见电影里的我
坐在街头看着沙发上的我
他还不认识自己
他的眼里只有路灯的光
和灯光外暗黑的街区
高悬的月亮不能抵达他
明天的阳光等同于无
他努力往多年后的方向看
他定睛注视沙发上的我
却什么也看不见
暗黑的街区阻挡了他的视线
像一扇漆黑的大门
立在他与我之间
我看见他拿起酒瓶一饮而尽
又听见酒瓶碎裂的清脆声音
接着听到怒吼和号啕大哭
我在沙发上站起身
伸出手穿过那扇漆黑的门

想帮他擦干眼泪却发现

他的脸上没有一滴泪

像沙漠里没有绿洲

他仿佛感觉到我手心的温度

轻轻地抬起头

我缩回我的手坐回沙发

电影消失

虫鸣依然

辑三：晃晃悠悠在历史的河里游（2019—2021）

暗夜亮灯的阿斐

夜半从梦里醒来
蛙儿和虫儿们仍在演奏

天亮前又要远行
我在梦里也有一丝不舍

生命是一叶扁舟
晃晃悠悠在历史的河里游

亿叶扁舟的河里
出现与消逝都无声无息

我的扁舟也不例外
如果我不能成为那个例外者

起床静静看着行囊
听着蛙儿虫儿们的奏鸣曲

我想它们都看见了
夜半亮着灯的阿斐的家

希望某天人类也能看见
暗夜亮着灯的阿斐

穿着大马猴睡衣坐在冬日阳光里写诗

因为独处
才有了我
因为有了我
才有了人间
我往东西南北轻轻一看
世界就这样成了
那些在抱怨里度过一生的人
从没发现神就在自己身上

放下所有黑暗的杂念
看这阳光里不能发光的万物
砖瓦草木和行人
如同光源一般精彩生动
把苦果吐出
倒满杯清茶
最好的时光不是少年而是此刻
虽然寂寞，却不孤独
虽然短暂，却不虚无

冬夜醒来

心里藏了一个结
没有解开所以醒了
坐起身
看看前面
看看右边
忘拉窗帘的窗户看着我喊冷
你也不容易
我们都一样
玻璃有玻璃的苦
人类有人类的痛
在清冷的冬天大家都活着
你没有碎
我仍在呼吸
就够了
管他什么结
醒了还是睡着
把我们的嘴闭紧一点
世界就永远花好月圆
四季变成一季
名字当然叫春天

**我告诉小爱同学,一小时后关掉巴赫的音乐,
她说好的**

不敢听贝多芬

会让我更难入睡

不敢听莫扎特

会让我手脚不停

听巴赫,刚刚好

我的老友

很快小爱同学将把你关掉

不要生气,她只是个机器

我才是你

有血有肉的知音

她不爱你半点

我却爱你万分

最燃的情感

不需要天长地久

一小时,刚刚好

下班后我跟女儿一起喝萝卜排骨汤

十五年前只有几个月大的小姑娘
十五年后坐在她老爸的对面
一起有说有笑地喝汤
讨论回家路上手机里放的那首歌
名字叫《借我》,唱歌的也是
一位比她大几岁的大姑娘

阿斐,我知道你诗写得好
但你能写出他心里面
曲曲折折言辞闪烁语焉不详的
笑与泪、爱与悔、惬意与沧桑吗
能吗?能。能吗?不能
三块萝卜一段排骨半碗清汤

月明大寒

打开窗户往外看
深夜小园一片清亮
大寒已至
春天不远
再多的忧惧也有停歇的时候
我长舒一口气
千万只白鸽振翅而飞
心里没有挂碍
明月高悬中天

吃完一只橙子后开窗与天上月对谈

现在你可以放松了
世界只剩下我们
我知道你终生寻觅
至今仍孤身一人
我比你幸运多了
橙子的滋味在我嘴里
让我拥有活下去的饱满汁液
你什么都没有
没有橙子也没有橘子
连光都是别人的
在这样寒碜的境况里
何不与我结为知交
像当年你在唐朝
与李白隔空对饮
花和影与你们做伴
我猜得出你在想什么
你在读我每晚的诗篇
以此来确认
我有没有与你为友的资格
还需要如此这般吗
在我关窗离开之前
且送你一句话

你总说世上无李白

李白就在面前你却不认识

朋友说她九十岁的姥姥今天过世了

当然也有一点忧伤
我想起我去年过世的奶奶
这世上唯一公平却让人伤心的事
恐怕就是死亡
死神的镰刀收割我们
像农民收割庄稼那般自然而然
人的一生究竟要怎样度过
从最初到最后
没有谁能给谁答案
她的姥姥和我的奶奶不能
明月在天上也不能
天上的消息只有去过的人才能知晓
可惜一去不复返
留我们在地上抬眼望啊望
望也望不到边
望不见寂寞人海里远去无影的船

客至,打地铺,想起儿时

遇到一个熟悉的场景让人想起小时候

是件温暖的事

我躺在地铺上

坐起,躺下,坐起

知道了什么叫"起坐不能平"

凌晨又怎样

天亮要早起又如何

我愿意多醒一会儿

让这路遇初恋般的感觉再多停留一会儿

一会儿就够了

一会儿也是永远

拜年亲戚家围炉即兴

昨夜多喝了几杯
今天状态也还好
炉火正旺,年景平常
我说话的声音还像少年时那样
旁边是鄱阳湖
候鸟在此安家落户
从大门口望出去
白羽纷纷,如雪飘摇茫茫湖上
世事本就如此简单
比我们认为的简单
一点湖雪白,一点炉火红

微醉野外小解有所感

黑暗也是一个敏感的姑娘
人间亮一盏灯
她就受一次伤

很多人惧怕黑暗
却爱上黑暗不可自拔
灭掉所有亮光置身其中

直到他们成为她的孩子
直到有人流泪高喊
母亲!母亲

不是所有的爱都值得歌颂
不是所有的母亲都是母亲
你懂了,就懂了
你不懂,就不要懂

夜空在我头顶
夜风一寸寸吹来
站在野外的我已经醉了
像个巨人一样有点冷

终于

终于我不再是一个眼花缭乱的人
像一件不需要熨也能保持平整的衣裳
从前我知晓却不知道的词汇
干净、简洁、朴素，诸如此类
如今好像成了我的身体部件
一饭一粥，一草一木，秒针分针
从前被我忽略不计的事物
如今都成了我美妙的诗
还有你啊亲爱的，成了我诗里的常客

兄妹仨

仍记得小时候
我们仨挤在一张床上
不知小妹被谁惹哭
我和弟弟互相推诿
为此打了一场鼻青脸肿的架
那时我就想过,多年后
我们应该会很怀念此刻吧
现在已经是多年后了
我女儿已十五岁
比当年的我们都大
弟弟有两儿一女
小妹也已为人妻为人母
兄妹仨再也回不到从前的光阴
那贫穷而充满幻想的光阴
那无知却活力四射的光阴
我当年设想过的今天
与我正在经历的今天
多少还是有些差异
当年我以为只会怀念而已
今天只要想起那时就会含泪
这泪水里溶解的情感
我自己也说不清

情人节团结湖观雪

我看见
雪已经被踩成这样
还白得这么顽强

雪看见
我已经被生活踩成这样
还活得这么快乐坦荡

灵犀相通的情侣
不必都是人类
山与水,我与雪

刚结束工作,喝普洱茶,听吴兆基古琴曲,若有所感

时代就是此时
世界就是客厅
我坐在名叫青藏高原的沙发上
像珠穆朗玛峰一样安静不语
茶杯里装着黄河
琴声里散放着沙尘暴
沿着心里的塔克拉玛干沙漠公路
一辆思绪牌越野车撒腿狂飙
阿斐,此情此景你是谁
先生,此情此景
他已重新变回李辉斐
俗不可耐,又俗到可爱
雄心万丈,又熊心惶惶
在名叫幸福的寂寞里喝茶听琴
有所感又无所感

元宵夜与友对饮二十五年陈酿

今夜的月亮不在天上在酒里
今夜的酒溶解了二十五年月光
只为等我们一起把它喝掉
我们并没有喝干,几杯酒下肚
两个人就变成整片江湖
你我正坐在小船舱内
谈论浮生过往与妻儿老小
像从前谈论大漠烽烟与剑戟刀枪
舱外是烟波浩渺吞噬茫茫星空
有乐音在黑暗中响起分不清箫音笛声
案几上,两杯月光照出二十五年光阴
我们话已说完各自喝净杯中物
各自头也不回转身离去千年不曾相见
直到今天,二〇一九年元宵夜
重逢在这张餐桌旁共饮一瓶老酒
心与心相交的好友必然有前世今生
如同这杯酒与这轮月,如同你和我

病中观雨

哪有什么雨天
所有的雨天都是晴天
哪有什么阴云
所有的阴云都是云彩
我的胃痛也不是疾病一种
肚子里照样装得下扁舟和江湖
窗里,躺在床上的诗人
窗外,诗人眼里的风景
雨下一会停一会
像跳舞的姑娘跳一会看我一会
万物我都好奇,都关心
万物都是我胸中美人,而非块垒

远光灯

对面车道
一辆车突然打开远光灯
像你突然认真看着我
眩晕中
我坠入爱河

在生命的路上
有多少惊喜或惊悲
等着你我
有时是远光灯
有时是一双眼睛

杭州破纪录连日阴雨

我看身边的朋友
比平日里暗了许多
看院子里的草木
多了双忧郁的眼睛
看天,天嘿嘿冷笑
看镜子,镜子里的人问我
天晴了没?没晴
那我就先不出去了
春天离我们就一层蛋壳的距离
太阳一出来,就破壳而出
我们等等就好了
耐心等等旧时光的壳就会碎裂
该亮的会亮起来
该走的会闪到一边去

天居然晴了

晴了
我的阴雨诗篇刚出炉
天就放晴
谁说诗歌无用
它是神借着诗人
发出的隐秘声音

重读《社会契约论》有感

当年我以为会变黄的树
依然还绿着

当年我以为会变老的我
依然还年轻

当年不懂的
现在不敢去懂

当年懂了的
现在已经忘了

我知道这不会是结束
我知道该开始的还没开始

绿迟早会变黄
如同我迟早会变老

不懂的终将变成一二三四
懂了的终将变成柴米油盐

我正在读的书会变为江河湖海
我正在写的诗会变为预言

刮痧有忆

以前是勺子刮

现在换了刮痧板

以前奶奶帮我刮

现在奶奶已经不在

有一个瞬间

我依稀回到了

人们常说的那时候

那时候的大屋子

那时候的天井

天井里的小王八

总在雨前爬出洞来

那时候的爷爷奶奶

那时候的我

那时候的小美

正是书上说的邻家小妹

我用手去够

怎么也够不着

高速公路再宽

我的车开得再快

也不能到名叫那时候的目的地

亲爱的妻

谢谢你刮得如此温柔用心

有那么一个瞬间
我几乎误以为此刻即当年
也只能是误以为而已
早就有声音告诉我
故乡是永远到达不了的远方

惊蛰

我醒了
从里面探出脑袋

身为一只虫子
哪有什么脑袋

命令说进去,就进去
命令说出来,就出来

深夜返回仍在下雨的杭州

没有阿斐的杭州是寂寞的
我的飞机刚着陆杭州就生动起来
连满脸阴沉的雨也有了笑容
夜里我看不见的万物
都齐刷刷看着我
好像我载着一吨重的诗
来歌颂它们好让万物都可以不朽
很多年后我走了
杭州仍然将我挽留
我变成西湖边的一座雕塑
与站在旁边的石人握手
——你好,我是阿斐
——你好,我是苏轼

看到一个常用字却觉得不像

你可能也会有这样的瞬间
一个人突然离群向你走来
像一个字从字典里飞入眼睛
你确定她或他是你生命里的重要角色
也曾在人生路上一同携手亲密无间
你认得对方如同认得镜中的自己
却忽然觉得这个人完全不像那个人
好像不认识一个用过千万遍的字
你沮丧地闭上眼或别开头去
感受一阵熟悉的风拂过脸颊
你知道有眼泪如泉水丝丝渗出
用手去擦并坚持认为这是天在下雨

春分

今天我在北京
尽管看到了树上的新叶
团结湖公园也上了色
依然觉得
春天并没有来

如果今天我在杭州
情况就不一样了
春天会像出差归来的我
从柳叶尖儿上
翻滚到玉兰花蕊

阳台上坐着一个奇怪的人

有时候我坐在阳台上
晒着太阳
刷着手机
看世上的风景
一片叶一朵云地飞进来
在我眼睛里翻腾
我心中会涌起
自己也说不清楚的感受
好像是幸福
更像是庆幸

此刻就是这样
我坐在阳台
杭州而不是北京的阳台
晒着太阳
春天而不是夏天的太阳
用手机写一首
旷世难有的诗
我感受到了那种感受
确实没错
如我所料
好像是幸福
其实是庆幸

垂丝海棠

我家楼下
每天必经之处
几株瘦瘦乱乱的枝丫
如若干年前的我那般
经不起多看与推敲
最近有了起色
一群红红粉粉
扎着长辫子的少女
住进了他们的生命

在凌乱的时光里不必忧愁
你的耐心等待终会有回报
比如这几株树与垂丝海棠的爱情
比如阿斐二十岁与四十岁的眼睛

鲫鱼

亲戚从老家
带来一条鄱阳湖的鲫鱼

下班后的我
认真仔细地把它吃完

推开碗筷
我叹了口气

不是有感于它
千里迢迢只为让我吃掉

只是因为
我吃得有点累了

狼也不容易
也很辛苦

鱼羊归西
人狼望着落日

这画面也很美
甚至悲壮

人间烟火

在一个欢乐的梦中笑醒
起床看见
厨房里妻子的背影

早餐的香味
从我身体的鼻孔
到我灵魂的鼻孔

这江南夜雨后的清晨
这个刚刚醒来
忘了自己早已长大的我

加班

我和一群年轻人
拿着削尖的木棍和打磨过的石头
凝神屏息进入夜森林
这黑暗中的黑暗
我们把命悬挂在命运的枝丫上

没有人退却哪怕一小步
再凶狠的猎物也只是猎物而已
一阵惊悚的声响过后
战斗已经结束
我们从森林里全身而出

细细的弯月在天上看着我们
万年以后,或者千年
人间会流传我们的传说

看同学群翻出一堆旧照片有感

过去的并没有过去
逝去的青春并没有消亡
其实没有什么好感慨
一群年轻的男女
变成一群年长的男女
地球不过围着太阳
转了若干圈

生命的意义在于折腾
我们在尘世已折腾了多年
很多人一生不再见面
再见时
可能已在天上

写于绵阳机场

来的时候是晴天
离开时阴天有雨
这不代表此地对我的依依不舍
只是我倔强地认为
绵阳因我的到来而有了一道历史印迹

刷存在感是件多美的事
我微笑着观看我和大家在人世的表演
烟尘的时间里
有的和没的都是同样的归宿
我仍倔强地认为
我与李白杜甫们在一张画卷中

下班时看见天上一弯月

我用手在天上画一道弧
月亮就这样成了
世间所有还未入眠的人
抬头都看见一弯光

我很高兴
用手在空气里画了个人形
你从风与风间走出来
抱着我又哭又笑

伸手轻轻一抹
弯月不见
在这漆黑有你的夜里
我想跟你谈场看不见的恋爱

如果你不同意也没关系
我也可以把你抹掉
天上月还在天上
风与风间只有风没有你

我走在一个人的路上
双手齐画也画不出刚才的风景

一念之间拥有的全部
一念之间全部失去

感冒有感

自从戒烟后
很少感冒了

这次我苦苦撑了两周
还是被传染

先是嗓子疼
后是打喷嚏
鼻涕眼泪一起流

病毒先生
耐心而有秩序地
入侵我的呼吸道

我感受着他的步伐
像草木感受秋天
士兵感受战争

我一生都将与侵略者周旋
我知道我必定击败他们
他们耐心,我更耐心
他们吞噬,我拼命生长

长胖后

长肥了的剑
还是剑吗
是刀

长肥了的刀
还是刀吗
是菜刀

长肥了的菜刀
还是菜刀吗
是菜

长肥了的菜
还是菜吗
是做菜的人

我就是这个人
这个人叫阿斐
对,就是写诗的那位

从一把锋利的剑
变成一个温暖的厨子
中间只隔了一行长肥的诗

酒后醒来打开门,鄱阳湖边群鸟鸣叫

并非所有的鸟都是真的鸟
不是所有的鸣叫都值得我击节称赏
我有一片森林
有一生长青的树木千万顷
只有极少数善鸣者才可能飞入栖息
极少数就是极多数
如同诗歌的宇宙
拥挤如此刻被鸟鸣覆盖的鄱阳湖
放眼望,飞在天际的
也只有轻轻淡淡的几个身影

过黄山向婺源途中

路上空无一人
落日提前消失
这是一段只有我的旅程
我从来处来
要到去处去

在一幅水墨画中
你看到了我和群山
看到山与山间的落日和云雾
却看不到我的来处
也看不到去处

北海道之行

我们一起去了北海道
后来就没有后来

直到今天晚上,老徐
在微博里发给我一堆照片

不是黑白色的老照片总不觉得老
我看里面的我
总认为是另外一个混球阿斐

我再也回不到混球时代
就像北海道再也回不到十年前
读上去好像有点忧伤,其实挺美

江湖夜深

车行路上
我打开所有的窗
面对漆黑如墨的世界
我暴露自己
如同在字里坦诚相见

敌人不少
他们在暗处拿着刀剑
听起来一片蛙鸣
像乱世的杀伐之声
我不惧怕
不慌张
藏利器在胸
周身却空空如也

江湖告急
更岌岌可危的是人心
我不是剑客
也不是大侠
却比剑客和大侠更有勇气
放眼望
车灯凿空黑暗
如同一束灵魂里的光

雨夜归家收到苏轼诗词集

有人问我们的朝代有李白没
有的,苏轼
有人说我们的年代没有真诗人
不对,阿斐就是
雨夜回家见到老友当然高兴
好像多年前在街角遇见旧情人
老苏你听我说
很多人都在抱怨今时今日
好像不生在盛唐是一件可悲的事
我却异常感谢这个
诗歌还在野蛮生长的时代
伟大的诗篇还在路上
随手写下的几行就可能烛照后世
我们孩子的孩子的孩子们
终会读到用诚实和才华写就的诗
其中就有我阿斐的一页
如同我现在捧着你,老苏

酒后观霍去病打通河西走廊

真痛快呀！管他是非对错
难以预知的千秋万岁名

这才是我们的中国
铁血自证强大的中国

这不计生死的人生才是快慰的人生
让醉在家里的书生羞愧难当

听首歌度周末

我离开我的故乡已有二十年
星辰离开天空的二十年
还将继续,不知终点
我在童年和少年时
只想尽快离开这贫瘠之地
现在想回去也不能够
妈妈,我在森林里行走满是艰辛
有时跌入陷阱有时滚入泥潭
被群狼追赶又被蛇群逼入死角
我一个人拿根树枝往前奔走
没有方向更没有目标
有的只是恐惧、迷茫和无力感
生命像只千疮百孔的小船
海浪一个哆嗦就可以让它秒翻
我终于活了下来,妈妈
你知不知道这有多么不容易
我终于有机会躺在森林里的木屋
将恐慌和危险关在外面
听着《布列瑟农》和《离家五百里》
在这个稀松平常的周末的清晨
有眼泪聚集在我的胸腔
却没有从我的眼睛里流出来

朋友一家人来我家吃晚餐

吃饭时我和朋友喝了少量黄酒
饭后因为朋友的儿子还小
两家人坐在一起玩游戏
黑白配加石头剪刀布
输了的人表演节目
我们轮流输,小男孩输得最多
所有人都很快乐
直到小朋友困了不得不回家
我们彼此致晚安挥手道别
愉快的一晚就此结束
八十岁时我问朋友的儿子
还记得那年那月那晚吗
小老头想了很久也想不起什么
摇摇头说不记得
我笑着说我比你记忆力好
那晚的黄酒是热着喝的
我和你爸还喝了点啤酒解渴
那晚我们合作表演了精彩节目
节目名叫《蜗牛与黄鹂鸟》
我大声唱着,你轻轻和着
离开时你爸抱着你下楼
你在他肩头摆摆手对我说再见

我也说了再见、再见
再见时,旧日已如黄叶一片
昨晚就此变成上个世纪

初夏之晨

送完女儿上学
我和妻走在小区里
绿夏如春
况且是清晨
我特别高兴
满心欢喜
鸟在树上看见我高兴
它们也高兴
看我欢喜它们也欢喜
所以开始鸣叫
喜乐的叫声感染了我
我吹着口哨
两手弯成翅膀
上下扑腾
与它们呼应
妻在一旁对着我笑
骑电瓶车的姑娘扭头看我
有个小胖墩
戴着红领巾
坐在长椅上托着腮
两只小眼睛滴溜溜瞪我
不知道他在想什么
高兴还是不高兴

工作

深夜走出公司大楼
看见我的地球还在辛勤工作
这世间最忠诚的坐骑
永远没有节假日的最佳职员
载着我日行万里
看遍宇宙星光闪烁
我很满意,倦意全无
在黑暗略有微光的路上
高举双手伸了个懒腰
踱着心怀天下的步子

看书至夜半有所感

天下苍生跟我有什么关系
我关心的是
这个苍生或那个苍生

天下苍生关乎我的一切
因为我就是苍生
苍生就是我

清洁空调预备度夏

盛年已至
拆下身体的滤网
除去灰尘用水洗净
又用清洗剂喷入内心深处
坐在房间独处十分钟
往事幕幕
一件件生成又消失
化为污水沿看不见的管道流走
打开门走出来
走到阳光底下
轻轻松松
干干净净
四十岁真是一个好年纪
就像夏天是一个好季节
不知道的称它苦夏
知道的却叫它盛夏
这生命的巅峰
前尘已远
来者伸手可触

一家人一起看电影《人生果实》

风吹落枯叶
枯叶滋养土壤
肥沃的土壤帮助果实
缓慢而坚定地生长

这是电影里的旁白
是我们一起收获的果子
它微小又其貌不扬
如同天上掉落的话语

它落在心里
长出生命和道路
落在大地上
长出历史与江河

登机后速写

我们在同一个时空相遇
从同一个城市出发
到同一个目的地

像我们降在人间之前
神精心安排的
一场投胎的旅行

生命不只是一撮尘土
我们从天而降
成为驱动尘土的驾驶员

又像是一道灵光
细雨般浇灌死寂的身体
让它成为世间有灵的活物

厦门行

我在微雨中走到厦门的海边
海隔着雨帘偷偷看我
这个撑把大伞正在看海的男人
窄窄小小的胸腔里居然有海的声音

多年以后这个男人不知去了哪里
海坐在沙滩边跟游客讲过去的故事
从前有个穿牛仔裤撑把大伞的男人
在微雨中盯着海看了很久

他窄窄小小的胸腔里
沸腾的大海发出剧烈的吼声

朝云

我们此行
如云的一生
当时晨曦充满
穿透阴郁之帆
我们如飞鸿鼓翅
有睥睨万物的野心和力量
后来
为何要考虑后来
有此当时
有此当时已然足够
这晨曦充满的光灿生命
我们鼓翅穿越阴郁之海

葱油饼之晨

葱花落在面粉里
妻的身影落在我眼里

放一点音乐
乐音如葱花落在屋子里

香气落满院的清晨
我沿着阳光细腻的纹路
触摸那双看不见的手

神笑了笑
轻轻捏了捏我的脸
一群鸟鸣落在我的酒窝里

大时代就在我们身边

那个
我们一说起就手舞足蹈的大时代
不在别处和那时
就在此刻我们身边

在旧秩序里
那些挥刀的收割者
已看见新秩序婀娜的身姿
比我们爱过的那位还要好看一万倍

我们还犹豫什么
如果你还在痛饮狂歌空虚度日
如果你还在长吁短叹抱怨命运
如果你居然也看不懂这迷乱的生活

重新拿起来
埋于心底锈迹斑斑的刀枪剑戟
被借口雪藏了几十年的豪言壮志
还有你文弱的拳头

千万人
都站在此岸嘲笑你的倔强和天真

而彼岸的十里桃花深处
早已摆好欢迎你终于到来的新生宴席

大雨倾盆

不该出现在春天的雨
出现在了春天
不该黑的白天
在狂风中变成了夜
放眼望
世界在风雨飘摇中

雨后出门
我以为必是落花遍地
一花未损的垂丝海棠让我吃惊
它们湿漉漉地挂在枝头
柔弱又倔强
像面临危机的人类

得知一前同事因抑郁症而亡

按电梯

进电梯

下电梯

出了一个大门

过了一个红绿灯

上了一个天桥

我想起了十多年前的往事

也是按电梯

也是进电梯

也是下电梯

也是出大门啊命运

也是过红绿灯啊时光

也是上天桥啊我的世界

那时人群里的她

消失于此刻的人群

独坐品九曲红梅

窗外只有一点点风
树尖所以微微一动
巨大的世界浓缩成小小的院落
没有谁能夺走我们心里的王冠
我一个人坐着
独品人间优雅的孤独

翻阅艺术简史

这一生
若不为理想而活
我将比不上一块出土的石头

这一生
若为理想而活
我将变成一块出土的石头

想想都觉得沮丧
我看看天
看看地
看看满地爬的人类
潸然泪下

杭州秋

煮茶
读书
晒太阳

下楼
散步
看风景

银杏正在老
落叶正被扫
我仍年轻气盛

居家

床是我的朋友
马桶是我的朋友
电视机是我的朋友
空调是我的朋友
沙发和茶几是我的朋友
阳台是我的朋友
院子里的树是我的朋友
别人家的窗户是我的朋友
满脸忧郁的天空是我的朋友
对着窗玻璃呵一口气
雾水是我的朋友
用手在雾里画了个圈
圆圈是我的朋友

蓝鲸

看见一只蓝鲸在我眼前游过
一种巨大的孤独划过我的时间

在海的人群里
站满了不知所往的我
这只由一群我编织而成的蓝鲸

如果我爱你
为什么我总会叹息又叹息
如果你爱我为什么如大浪起伏
我的太平洋,我的大西洋,我的地中海
游走万里只为读懂你,我的生活

老妈跳广场舞视频观后感

我承认我被感动,真的
我承认我五味杂陈,也是真的
要强的母亲终于过上幸福的生活
一个被生活欺压到老的女子
终于骑到了生活的脖子上
妈妈,儿子向您表示祝贺
这是普通人生的伟大胜利
不因我们的不屑而减损其伟大
因为她不是别人,是我的母亲
我的,母亲。不是任何别人
过上幸福生活的妈妈,你赢了
一个从小扛起全家生活重担
眼巴巴望着远方好时光的少女
你赢了,我向你表示祝贺
这是艰苦岁月的伟大胜利
不因我们的不屑而减损其伟大
因为她不是别人,是我的母亲
我的,母亲。不是任何别人

栗水河望月

生命一望无边却有边

这无从说起的奥秘

我在蛙鸣里行走

月亮尾随我如同我迷路的朋友

停下来往天上看

它也停下来往天下看

月光里的蛙鸣和蛙鸣里的阿斐

一个酒徒,一个诗人,一个为五斗米折腰者

凌晨醒,记梦

我给妻发了一条信息
谢谢亲爱的老婆
让我有了个难以割舍的家
然后我醒了

我知道在这世间
山水天涯都可以是我的家
唯独有你的所在
才是我弯弯曲曲后的最终归宿

美股再次熔断

院子里
梅花开过
李花开了
李花开时
樱花开了
樱花开过
梨花开了
梨花开时
海棠开了

那些没心没肺的花儿
一心只想着争奇斗艳
全然不顾
这人间活久见的剧情
正一幕幕轮番上演

他问我为何股市熔断也能写成诗

一切生活皆可入诗
你也可以认为
一切生活都可以是诗

你看那些人,那只鸟,那棵树
看那些看不见的幽灵和真理
都在我的诗里有一席之地

如果你愿意,比如此刻
你也有机会住进我的诗行
虽然出于礼貌隐去你的名字

深夜谈完工作后阳台听雨

职场就是我的田园
勤劳的同事们就是我的左邻右舍
车流阵阵如同鸡犬之声
与友人视频喝酒就是醉啸竹林
只要我愿意
身居何处都是南山隐居

何况在这样的雨夜
忙碌一整天的我
从项目和利润中直起腰
看正在做手术的世界
在雨水的洗礼中安静下来
我确信我的乡村我的山水不在别处
把手伸出窗外
雨点落在我的掌心
只要我愿意
再疲惫的人生也可以惬意如斯

朋友发来巴马的照片

我们活得这么累
是因为我们选择活这么累
是因为我们以为活着就是累
而在这张照片里
我看到的答案不是这样

逃离驱赶我们的鞭子并不难
世上还是有些许桃源
如果你不信
来,过几天跟我一起
去巴马沉醉五百年

琐碎工作之余闲翻宋词

想起来
每天对妻子
总要叨几句回老家去

我的老家
不一定在老家
也可能在宋词里

这么有趣的一个人
怎能淹没在
无聊琐事的河里

放眼望
富者千万
诗人仅此小小一枚

通宵达旦有所感

世界的巨变如同人身体的演变
无时无刻不经历改朝换代
此刻的我早已不是刚才的自己
万千核弹在我身体里炸响
这面目相似却全非的我
一个晚上就经历无数次永恒

如果没有你温暖的守候
再多的永恒轮回又有什么意义

望庐山

我站成一座山望着庐山
庐山站成我望着我
彼此默不作声

一只鸟从我们头顶飞过
一声惊雷在我们头顶炸响
我和庐山默不作声

这惊世一望间
人已千年后
山山变海海

夜半小院

在人间荒凉的冬夜
我看见小院里
老透的银杏发出最后的微光

借着这至死方休的光
我看见荒凉冬夜里的小院
草木茂盛,像少年的我们一样

夜宿宜春小洞村望月

一千年后
已成古人的我再回到小洞村
复原今夜的风景
他拼出了一张圆月出山图
模拟溪流和蛙虫的鸣唱
画出了一个我
坐在狭长的阳台上不肯睡去
却再也无法复原
藏在我心底孤月一般的爱
睡在房间里美梦连连的众生
溪水轻盈欢快如拂过夏夜的风
蛙虫鸣叫让阳台上的人静默如幽灵
生命即来即往不能停驻
万事忽现忽隐无可挽留
今夜如果不爱,此生终究无情

与诗人马随一夜长聊

哪有什么凑巧的兄弟
都是前世将爱未爱的天涯失散人
从盛唐的长安
到大宋的汴京
多少轮回也不能相遇的我们
今晚终于相见欢
在这个蓬松的鸵鸟的时代
蓬松的大上海之夜
我们收起蓬松的羽毛
聊着天上地下蓬松的话题
关于昨天未来
关于理想现实
关于肥胖的面具和骨感的灵魂
关于世界与万物
关于诗人
关于诗
窗外灯光如谜
沉睡客和无眠人都紧锁眉头
希望和绝望是同一种意思
我们微微伸展羽毛
蓬松的眼神里
闪烁着揭开谜底的钥匙

早起出行

一碗粥，两个煎鸡蛋
比我更早起的妻准备好了早餐
我在家里就是在盛世里
拥抱后出发，世界仍在暗夜中

从我身体里升起一个暖炉
伴我在冬日黎明前的寒意里远行
远方就在前方
我握着拳头，半眯着眼睛

独坐树下

不思也不想
春天秋天都无妨
四周喧嚣
喧嚣就喧嚣
大树底下我称王

一只孤独的鸟
唱着寂寞的歌
如果它像我
又怎会孤独寂寞
万物都是我的灵感

望高楼

我们眼里的高楼
都是以为的高楼
我们眼里的人生
都是以为的人生

此刻来一瓶酒,两根羊肉串,三五知己
在江湖边上背对天下嬉笑怒骂
才是真正的人生,才是真正的高楼
如同仙人闲坐于白云之上

闲居闲林镇

读简单的书
喝清淡的茶
邀平静的朋友
聊轻松的话题
在杭州某个角落
一座名叫闲林的小镇
我慢悠悠生活着
从汉到唐
从宋到明
从刀耕火种
到山水田园
从鼓角争鸣
到水墨丹青
五千年何其短
不过半日浮生

晨起

没有鸟鸣

不见人影

灰白色的天空

阳光无迹

我伸了个长长的懒腰

红细胞在我体内高速运转

这充满力量的身体

瞬间制造出了

婉转的鸟鸣

淡墨的人影

敞亮的天空里

大剂量阳光如瀑布洒落满地

这诗意遍布的我的身体

瞬间治愈萎靡的清晨

让这枯叶般的世界

有了一点起色

有了三分春情

有了二月天里该有的勃然生机

夜深,家人已熟睡

夜色中的蛙鸣像年轻人的呐喊
如子弹裂空而来一百年未曾停歇
正在喝茶的我微微一抖
岁月静好的今夜好像有什么异样
放眼望,天色宁静如心
杯里的红茶已在我身体里暂且住下

我理解了那些怕死却赴死者
所有的勇敢不过是为了家人能安睡
我也理解了走向街头的书生们
紧抿嘴唇挥舞拳头胆战心惊
只为了保卫一张安宁的书桌
一张纸,一支笔,一颗独立的头颅

祖国

我种下必朽
收获不朽

我种下耻辱
收获荣耀

我种下软弱
收获刚强

我种下血气的身体
收获灵性的魂魄

我种下我
收获你

我的妻子
我的女儿

我的山川
我的江河

阿斐访谈录（代后记）

我热爱"一盘散沙"的诗歌时代

采访者：周紫薇，复旦大学中文系博士研究生
受访者：阿斐，诗人

周：首先谢谢您能接受这次采访。第一个问题是一个您曾略微带过的话题，您谈到在您十二岁时大表姐去世这件事让您印象很深，当时写下的一整个作业本的分行文字可以说是您诗歌写作的前奏。我想请问一下，这么久远的童年事件给您塑造了什么样的印象？您对"死亡"的最初理解是什么样的？这种印象又是怎样影响了您的写作？

阿斐：我是从小就比较喜欢幻想，也会经常坐在那里发呆，然后脑袋里想各种事情。在我们那儿经常会有老人家去世，其实我经常遇到和死亡有关的事情。但很奇怪的是，在十二岁之前，我是没有"人是会死的"这个概念的，在我看来老人家会去世好像是自然而然的。但是我这个大表姐去世呢，她只有十八岁。然后我突然发现，居然连这么小的、这么美的人都会死掉，我就

惊呆了。在那段时间我有几天几乎是彻夜不眠，然后我就在自己的作业本上写了很多诗。现在想起来，我估计那时候写的诗主要的还是像打油诗一类的，古诗改编这样的，但的确是从那个时候起，我开始有意识地写诗，通过诗歌这种方式来表达我的内心。其实在我小时候，我并不是一个特别爱说话、特别能说话的人，所以我会有很多想要表达的东西藏在里面吐不出来。但是因为大表姐的去世，我突然间好像有了一种不得不表达的感觉，所以对我来说，它是我寻找到诗这样一个武器或者工具的事件。因为我跟我大表姐的关系，在我看来是特别好的，在我看来她不可能会死的，那么从这件事开始，我觉得我的内心从以前那种忧虑各种学习、跟小伙伴的玩耍等等小事情，慢慢过渡到了对一些沉重的事件，或者是沉重的主题的关注上。

周：那是不是可以这样说，这次突如其来的事件就变成了一种您诗歌中的"母题"，让您的诗歌始终会关注一些死亡啊，或者是人的痛苦啊，或者说就是这些有点阴暗和低沉的东西。

阿斐：这个事件让我有了两个维度的发现或者说思考。第一个维度就是可能像你所说的，我开始有了一种沉重的东西，并且我真切地感受到我内心有了恐惧。真的，是对死亡的恐惧。这种恐惧感我认为一直到现在我都会有，并不是说以前不怕"死"，而是说从这件事情开始，我真切地感觉到了"死"就在身边。第二个维度呢，其实是让我有了对被爱的渴望。我就会突然觉得，有一种若隐若现的幻灭感，然后我就特别希望在这个世间找到自己的知音，找到她爱我，我也爱她的人。所以我在高中的时候其实就开始寻找，并且开始早恋，我现在的妻子就是我的高中同学。

周：您刚才谈到"爱"的问题，这个问题其实我也注意到了。那么这个想要找到"爱"的动力是不是和您在诗歌中寻求宗教慰藉的需求有一点联系？您之前已经谈到诗歌是抒发您心中的恐惧，或者某种程度上说，是一种"拯救"的方式；然后您说寻找"爱"的需要，好像您的妻子、女儿也是拯救您的一种方式；而您当初在度过黑暗时期的时候，寻找到了宗教的拯救。我在想"寻找拯救"是不是您人生中的一个大的命题，而诗歌、家庭、宗教这三者从不同的方面体现了这种"拯救"。您对此是怎么看待的呢？您是如何看待诗歌、家庭、宗教这三者之间的联系的？

阿斐：这个提问的跨度稍微有点大，所以呢，我还是从刚才我说的1992年，也就是我大表姐去世的那年开始讲起。我先讲一个社会背景，在1992年之前，大概就是1990年、1991年，我印象中我们那边有人赌博，大约也就是我的五年级和初中一年级（那时候我们学校是五年制的小学）。在初中一年级的时候，我成绩一度变得特别糟糕，最低的只考了十多分，但就像我这样的居然还拿到了奖状。然后在1992年，也就是我大表姐去世的那年，我转了学，我突然发现风气好像开始变好了。那么就是在这样一种背景下，就是在这样一个1992年，我大表姐去世，我转学，然后我感觉到社会风气的变好。然后还发生了一件事情（就是你刚才所提到的跟宗教有关的）：这一年的什么时候呢，我印象中可能是年底，居然有一个我也不知道从哪里来的传道士到了我家里，然后给我们家里人传道，并且居然还在我们家住了一晚上。当时我清楚地记得他还教我如何来祷告，然后我真的坐在床上，就是一个人的时候，坐在床上祷告。我记得我祷告了两点：第一点是希望大表姐在天上很好；第二点是希望我的学习变好。很奇怪哦，我初中一年级的时候成绩糟糕透顶，但是我在初二也就是1992年转学之后，第一学期我就进了全班前十，到了初二年级下学期期末考试的时候，我居然考了全校第一。所以这样想起来，1992年这一年对我的生命来说，还真的是一个不小的转折，它让我经历了、认知到了真切的死亡，并且还莫名其妙地让我跟与宗教有关的事物遇到了。其实我真正接受信仰是2014年，我来到杭州之后，但从源头上看，可能跟1992年有一点关系，好像冥冥中的一种牵连。

那对于诗歌、家庭、信仰这几个事物之间的关系啊，可能还不是一句话能说透的，我先从我对宗教的理解开始。其实我不是一个宗教化的人，但我的确一直是一个在寻找信仰的人，所以我刚才说我从小就喜欢幻想，在一定程度上那也是我从小就开始的一种内心的寻找。我对宗教并不太感冒，因为我觉得宗教的东西，或者说宗教化的东西，有很多现实的、人为的痕迹，人如果迷恋其中，很容易被蒙骗。但是信仰我认为是干净的、纯粹的，是属于个人的，它不是属于群体的。其实我从小就会觉得人很渺小，这么高的山，这么大的天，一眼望不到边的土地，而我就这么一个小小的人。我就觉得好神奇呀，我如何才可以获得那种强大的力量呢？我觉得这个可能是我寻找信仰的心理活动的开始。这种寻找可能也衍生出了我内心从小就有的悲悯感。举个例子：我从小就对老家的那些老人特别尊重，但是很多小孩子其实完全没有这种心理活动，我会觉得我愿意去接近、尊敬，甚至试图去理解那些老人家，而在很多孩子看起来，他们完全就只是一群唠叨的老人而已。我个人觉得，也许这里面有一种天性，所以我内心才会有一种"拯救和被拯救"的这种内在的活动。我不知道是不是渴望，但我的确有一颗"拯救"的心，我不只是对具体的个人，好像我对整个人类、对整个世界都有。像我这样的人，我现在感觉真的是凤毛麟角，应该是属于异类吧。而我回过头去分析、去看待我个人的成长轨迹，我觉得刚才我所说的这些会促成我（这样的情况）：虽然成绩很好，却并不能很好地适应我们的现实，我们所理解的生活。这会导致我跟其他人，跟所谓的现实生活有一定的距离。所以我在大学里面，其实并不太合群，甚至可以说看起来有点孤僻，包括后来走上社会，进入职场，我都感知到自己有这种特点。所以我刚才提到，我内心因为大表姐的事，有了恐惧，有了沉重感，同时又有了对爱与被爱的渴望，但是呢，在进入生活之后，我就发现我开始迷乱，我过不好生活了。有很长的一段时间，算起来有七八年时间，我都在各种内心的、感情的、寻找方向的，这样一种动荡不安中度过。在这个时候，其实"诗"扮演了我的拯救者的角色，它让我不管在什么样的境况之下，都还能活下来。但是，我会觉得诗歌的力量对我来说始终不太够。而此时，我的妻子因为我们之间的动荡离开了广州（之前我们毕业之后都去了广州）。她去了杭州，先于我接触到了信仰，并且先于我做出了自我的改变。然后在我自己感觉绝望的时候，我就发信息对妻子说"我想回家"，然后她就说"你来吧"，我就在2014年离开了广州，到了杭州。

　　再回头说诗歌、家庭、信仰，这之间的种种关系交织起来，我会认为它是对我的一张拯救的网，也是让很多年以来积压在"灵"里面的（还不只是心里面的）寻找、各种奇怪的念头，让这些东西有了一个去处，有了一个池子，让这些东西不再成为撕裂我的事物，而是成为凝聚起来的、让我拥有力量的东西。所以我现在会经常说我的生命里面有这几样：家庭、工作、信仰、诗歌。我内心并没有对它们进行严格的分层，但是在一定程度上，它们其实是有区别的。比如说家庭和工作，它构成了我的现实；诗歌，它构成了我的精神层面；信仰，它构成了我灵魂里的东西。所以这几个事物结合起来，就是一个身、心、灵合一的存在。

周：您曾经说过，您的正式写作分为大学时期、初入社会、动荡初期、黑暗时期、信仰伊始五个阶段，您可以大致勾勒一下这五个阶段分界的依据吗？您刚刚也提到了在2014年之前您经历了七八年的动荡时期，2014年通过信仰、家庭和诗歌重新找到方向之后就再也没有那种"撕裂"的感觉了。我特别想了解在那段黑暗时期，您的精神状态、心理境况是怎样的，当时到底是怎么一回事。因为这种状态体现在您的诗歌中，就确实会给人一种撕裂的感觉。在这段时间的诗歌中，您用了很多"他者"的身份，比如说《父辈的挽歌》，您就站在父辈的立场；然后写《一个说谎者的自白》，您就是说谎的人；然后有时又是小丑，有时又是小说家。我最感兴趣的是那首《上帝的面试》，这首诗将您那种"撕裂"的状态体现得特别明显。在这首诗里您虚构了上帝和一个人的对话，既是审视生命的人，又是生命被审视的人；既是观者，又是被观者。我在想，您当时创作这首诗的时候是怎样一种心理状态？它和您当时的生活又有怎样的联系？

阿斐：这些我可能平时都没大想过。要不稍微往前挪一点，从我的大学开始讲。刚才其实提到过在大学的时候，我经历过相对比较孤僻的，相对比较不合群的，甚至说我讨厌身边的那些所谓俗人的这样一个阶段。这也是我在大学里面选择诗歌这样一种沉默的艺术的原因。在1999年的时候，《中国新诗年鉴》的主编杨克到北京做访问学者，给我打电话，然后我们见面认识，并且他也介绍我认识北大的胡续冬、北师大的沈浩波，后来我跟沈浩波，以及当时的口语诗人们、民间诗人们走得更近。这里面，1999年对我来说是一个小小的，不对，应该是个不小的分水岭。在这之前，我一个人在那里摸索诗歌，就像一个人在黑暗中走路一样。1999年之后，我突然发现，原来处在那种黑暗中的我也可以找到自己的一个组织，或者说这样一群人。所以我其实经历了从孤僻、不太合群，到自我狂欢的这样一个过程，而1999年是个分水岭。诗歌史上应该也会提到沈浩波以及其他我所熟悉的诗人，我们一起在网络论坛上玩，那个时候网络诗歌论坛刚刚兴起，同时又一起做了一本叫《下半身》的刊物，我是他们的跟班。这些都让我感觉到自己特别牛，所以我也很兴奋，在网络论坛上灌水、写诗、骂人，也跟着诗歌争鸣，来扮演自己认为的某个角色。所以当时互联网论坛上的诗歌的混战，其实我都略有参与（不应该是略有参与，其实参与得还挺深的）。那么后来就会遇到一个现实的问题，我会觉得大学好没意思啊，就不想考试，挂了很多科，虽然后面都补回来了，也顺利拿到了毕业证和学位证，但是我始终没有很好地面对现实，比如说我毕业的时候居然没去找工作。所以在毕业之后的半年内，也就是2001年下半年（我是1997年上大学，2001年毕业），我找不到特别合适的工作，有一种颠沛流离的感觉，从北京跑到了南昌，那个时候我的女朋友也就是我现在的妻子，在南昌。虽然在2001年，我在《诗刊》上第一次发表诗歌，看起来挺牛的，但其实在现实生活中我并不顺利，内心也挺郁闷，这也是我在2001年毕业前夕，会写出那首《以垃圾的名义》的原因。

后来在南昌待了几个月之后，我觉得混不下去，就去了广州。那个时候南方都市报的副总编陈朝华（也是诗人），把我招聘进了南方都市报，这是在2002年。我的妻子后来也到了广州，我的工作也稳定，然后我的妻子意外怀孕，我觉得我能养活孩子了，所以呢，我们就把孩子生了下来。在这种情况之下，我还是略有不适，不知道如何去管理家庭，带领一个家庭，可能也不知道如何做一个年轻的父亲，但我还是相对比较稳定地生活着。那个时候写了一首诗《众口铄金》，大意就是一些朋友认为我变了，但我觉得这种"变"其实不应该被指摘的，所以写了这首诗，里面有一句是"我的孩子都快出世了／而我昨天还是个小孩"。经历了前面几年平静、相对稳定的生活之后，其实我的心里面并不安稳，在这之前积压在心里的很多的迷茫、困惑、黑暗，甚至是那种叛逆的东西，混合在一起之后就成了我自我逃避、打破这种稳定的理由和借口。所以自2006年开始，我从相对的稳定期进入还比较长的七八年的这样一个动荡期，我不断地从家里跑出来，一回到家就会觉得待不住，内心很狂乱，所以几乎每天都出来喝酒、泡吧。然后，在那几年之内跟很多人谈恋爱。所以，后来婚姻也破裂，家庭也破裂，然后我的内心也撕裂。我能感觉到我里面有很多个"我"。那个阶段，大概是从2006年一直到2013年，每一个我都好像在被一把刀子瓜分。所以正如你在诗里看到的，很多个"我"都会蹦出来，并且在一定程度上，都会带着一点点黑暗的痕迹，哪怕那首诗的主题是积极的，是向善的。

所以在那个阶段，我所认为的黑暗时期，我的确感觉到自己是撕裂的，但其实现在想起来，对我来说，问题并不出在"我的里面有很多个我"，问题其实出在"我六神无主"，很多个"我"里面没有一个统领的这样一个所谓的"主"。这些"我"让我想到一串蚂蚱，它们没有被穿起来，每一个我都在试图把整个的"我"占领。所以在2014年之后，当我有了信仰，我能感觉到这些凌乱的"我"被我穿了起来，或者说被信仰的力量穿了起来。所以在诗中我会通过不同的角色来说出、来写出、来表达，对我来说是一个自然而然的诗歌写作方式。我现在依然还会用这种手法来写诗，比如有时候我甚至会站在别人的角度，有时候会站在虫子的角度，有时候会站在一棵树的角度。我觉得，诗歌运用什么样的手法来创作并不重要，真正起作用的是写这诗的人，是此刻的、当时的这个人，他的心。如果此刻的、当下的这个写作者处在撕裂当中，而他又是一个诚实的写作者、一个诚实的诗人，他的诗中必然会出现各种"我"的撕裂，就像之前一样。如果他并不撕裂，而只是幻化为很多个"我"，那么也始终可以看到这种不黑暗的、不撕裂的痕迹，就像我目前的状态一样。所以你看，当然也包括我身边的同事、朋友们都会发现，生活就是我的诗歌，诗歌就是我的生活，我的所思所想，所经历的生活的点点滴滴，不管是表层的，还是灵魂深处的，不管是狭隘的（像一个小的家庭生活），还是宏大的（像整个人类），不管什么样的主题，都与我的生命状态、存在状态是一致的，这就是我的现在。我能感觉到我以前的写作并不自由，而我现在（的写作）非常自由。

周：那接着您上面说的，当2014年您解决好了个人的问题，通过信仰重新找到方向之后，您的诗歌确实有挺大的变化，给您的诗歌带来一种外来的、超越的、有力度的异质感，您能谈谈这些新元素的意义以及您想借以表达的宗教内涵吗？

阿斐：对我来说，其实我不太愿意讲宗教，因为我心里也不是这么想的，我更愿意说的是信仰。在2014年刚到杭州不久（也包括2015年），我其实会在诗里面比较多地运用到一些信仰的元素。但是后来我发现，生硬地运用这些元素其实是一种约束，也是一种自我的捆绑。所以到了这几年，我就完全地放开，我不认为我写的是宗教的诗，我不认为那些信仰的元素一定要赤裸裸地表达在诗里面。其实真正的信仰对我来说是融在血液里面的，是在我骨子里面的。我自己也并不喜欢教律清规。

周：哦，我之前是错把您对信仰的这种追求当成宗教信仰来理解了，但您说形式不重要，关键还是信仰本身。那么我就联系到您之前写的一篇文章《诗歌，向善的力量》，说到"善"对于诗歌的重要性。所以我想问一下，您说的这个"善"是不是从个人的信仰里面出来的？它的具体含义是什么呢？它更多地是指向一种社会道德的"善"呢，还是说更多地类似于信仰对个人或者诗歌的一种要求？

阿斐：我先从最基础的一个理解开始，从我个人体验开始，以及从孔子的话开始。孔子说"不学诗，无以言"，我觉得用在我身上这句话就特别有分量。为什么呢？我其实以前不是一个善于表达的人，可是我内心有东西。如果我不学习写诗，我就没有表达通道了。在我看来，诗歌疏通了——从我的"灵"里、心里，到我的嘴巴，到我的手——这样一条通道，它让我可以打通自己的经脉，不至于变成一个淤塞的，一个堰塞湖一样的存在。所以我曾经想过，如果全世界每个人都能通过诗歌这样一种表达方式来做自我的表达，那么很多人会因此而活得更好，甚至有一些想自杀的人会不想死，不热爱生活的人会热爱生活，彼此不相爱的人会彼此相爱，因为诗歌这样一种表达的通路让大家心情变得舒畅，变得经络畅通。因此在一定程度上，我认为作为一种表达方式的诗歌，它本身其实是带着"善"的，就像米沃什说的："应该是善神，而不是恶灵选择我们做诗歌的工具。"是的，是"善神"，不是"恶灵"。

那么我接下来再分两个维度来说：一个是从诗歌的接受、信息的接受，或者说阅读者的这个层面来说，另一个是从诗歌创作者的角度来说。不得不承认，诗歌其实是一个人为的东西，是人为痕迹很重的东西，所以我认为一定程度上无形的诗歌比有形的诗歌更可爱一些。但是无形的诗歌你没办法把握，有形的诗歌你才能把握，因此它有它存在的必然价值。而对于诗歌阅读者来说，当他从某个人的诗歌中获取到的是暴力的、黑暗的、狂乱的等等这种信息的时候，那么它对人的影响其实是负面的。当我说这个负面影响的时候，我需要有一个标尺：首先我承认，让一个人的生命变得更积极、更有生机是好的，而让一个人的生命变得暗淡无光、消极是不好的。那么在我看来，那些能传递出前者的信息的诗歌，我认为就是向"善"的，而后者可能就不是。因此，我所说的这种"善"，不是社会层面的、意识形态层面的道德，它其实是诗歌本身有一个内在的世界。但这并不是说诗歌的题材是假大空的、高大上的，表面上看起来真善美的这种主题，不是的。比如说波德莱尔的《恶之花》，在一定程度上它是向善的；比如说金斯伯格那些"嚎叫"的诗，它也是向善的。你会发现向"善"的诗歌，哪怕他是在表达丑陋的主题，甚至是看起来"恶"的主题，依然能让人感觉到勃勃生机，感觉到那种生机盎然的东西，让人更愿意热爱生命。

回到诗歌创作者的层面，我非常提倡"无诚不成诗"。"诚"这个字，我认为它会对应到诗歌的真，以及善和美，一定程度上我会认为它们是一体的。当我为了写诗而写诗，当我为了获取某些东西（比如说认可）的时候，我的诗就离开了"诚"这个字了。在我看起来，离开"诚"这种诗歌创作心态的诗人，他会让诗歌变假，变虚伪，诗歌携带的信息会去迎合某些东西，而这些东西，它有可能是假大空的，有可能是"你可以这样去做，而我躲在后面偷着乐"的这样一种场景。因此，站在诗歌创作的层面来说，我会认为如实地把自己的生命状态、存在状态镶嵌到、灌输到每一个字里面，它其实是"善"的标准之一。我这样表达可能未必很准确，但是基本的意思包含在里面，那么我还会继续去琢磨这个事儿，在以后有机会的时候也许我也会写，我不认为我现在想得特别完善，但是有一点我可以肯定，我所说的"善"一定不是社会层面的道德的东西。如果真的是有"道德"的话，我认为它也是诗歌本身内在所蕴含的、专属于诗歌这个世界的"道德"，或者简化为"诗歌的道德"。诗歌作为一种存在，它其实无时无刻不在参与我们的日常生活，就像我前面所说的，一定程度上我们的生命、我们的生活、柴米油盐、点点滴滴、婆婆妈妈，各种东西其实都是诗歌。因此可以说，当我们说诗歌的道德的时候，也未必是错的。

周：您刚才谈到"诗歌有它内在的要求""诗歌有它自己的道德"。您曾经在访谈中委婉地批判过韩东"诗到语言为止"这个说法，您觉得这是有一定局限性的。然后您又在《诗歌=自由》这篇文章中再度谈到诗歌的自由需要遵循"语言本身的内在法则"。所以您究竟是如何看待诗歌语言的呢？它在您的诗歌写作实践中又处于什么样的位置呢？

阿斐：我先说一下关于"诗歌"和"语言"，或者说"诗歌语言"。其实关于这种解读，我认为它本来是一个大家都能感知到的东西，都有体感的东西。但是因为那些哲学的、诡辩式的解读反而（使它）变得面目特别模糊，就是让大家觉得这是一个特别深奥的命题，甚至觉得无从下手，会认为自己的理解是错的。首先我认为不管你如何来理解"诗歌"和"语言"，或者说不管你如何来理解"诗歌语言"，你的理解就是你的，就是对的，不用去看别人如何去解读，否则会迷乱的。我先说"诗到语言为止"。我认为韩东其实是一个特别透彻的人，一定程度上，他把诗歌的本质（外在的本质）一下子点了出来，因为诗歌它本身就是语言，它并没有超出语言的范畴。所以他说"诗到语言为止"，那绝对是正确的，不会有错。但是这句话引起了太多的误解，以至于很多人会认为诗歌其实就是所谓的"分行的文字"，所谓的像"口水"一样的存在，让本来很丰富、多元的诗歌突然间变得好像很没意思，很无聊，很无趣。因此，我会认为语言是诗歌的障碍。为什么这么说呢？我不认为我们写出来的诗歌就是诗歌的本质，或者说是那种本真的诗歌。我认为本真的诗歌，其实是在我们的心和灵里面，就是"心里充满，口里说出，然后你在笔下就写出来"，它是一个流动的（过程），像水一样流出来。而语言其实是你给它划了一块地，做了一个水池子，让它可以流到这里面，成为可以让人感知到的诗歌。

我再结合你所提到的语言的内在法则，因为在一定程度上我认为语言是一个契约。什么意思呢？就是大家认可某一个规则，签订这样一个合同，然后在这样一个合同的范畴之内，大家来说话，用大致相似的这样一个逻辑来说话，从而彼此之间能获知对方的信息。如果不遵守这个契约，大家乱说话，那就乱了，谁也不知道对方说的是什么。因此，语言它其实是有框框的，有它自成一体的世界的，像是在契约范畴之内建立的一个国度。很显然，当从你心里面流出来的诗到达这个语言国度的时候，你只能按照它的疆域的大小，它的地形、地势来安排你的字词，安排你的表达。在一定程度上它也有点像宗教和信仰，宗教承载了信仰，可是宗教也约束了信仰。语言这个国度对于诗歌也是这样，它通过自己让诗歌得以被感知，在语言的契约之内。但是我们都非常清楚契约的存在，在一定程度上它就是一个不自由的产物，当然这个"自由"可能不是社会学意义上的"自由"的概念。那么，当我们为了去迎合语言的国度，去迎合这个国度里面的地形、地势来组织我们的诗歌表达的时候，它必然就被约束了，它就长成了语言所要求的、所规定的这个样子。可是诗歌并不只是这样，语言的国度承载了诗歌，但也束缚了它，就像我们的身体承载了灵魂，但也束缚了灵魂，而灵魂时时刻刻想跳出来。身体就像灵魂的器皿，语言也像诗歌的器皿，但诗歌大于语言，语言会成为诗歌的障碍。我的理解就是这样，"诗到语言为止"这种定义是非常浅层的、表面的，而（对于）本真的诗歌，语言只会成为它的一个束缚的器皿，当然也可能是生长的器皿，但一定不是诗歌的全部。我说完了，这个命题，其实表达起来也有点艰难，我也只能是尽量清晰地说出来，把意思表达在这里，等以后我想得更清楚了，我再去写。

我再补充一点，现在我认为我的写作是自由的，其实也是在试图跳出语言本身的束缚。举个例子，我会为我心里的表达的需要去寻找到合适的器皿，这个器皿也许是口语的，也许是书面语的，也许是民间体的，也许是学院体的，也许是翻译式的，也许是中国本土式的表达。也就是说现在我不会为了写某一种样子的诗（而写），而是为了准确的、更好的表达来为它寻找模样。为自己内心的本真的诗歌，寻找到合适的语言的器皿，而不是为这个语言的器皿去寻找适合它的诗歌，这就是我现在在做的。我也想起唐朝时期，比如说李白他不一定只选择一种诗歌的语言方式，他爱写乐府就写乐府，爱写古风就写古风，爱写律诗就写律诗，爱写绝句就写绝句，没有一个固定的方式，没有一个固定的语言的套路，对我们来说也是一样的。因此，尽管我看起来是用口语来表达，那是因为我认为诗歌要说人话，但我并不认为我是一个"口语诗"的拥趸。为口语诗而口语诗，我非常反感，甚至鄙视，因为这只是一个固定的器皿，为它来装诗歌而已，而我不是，我有很多的器皿。

周：其实您说的现在您这个状态跟您刚开始写诗的时候感觉区别还是挺大的。因为您刚出来的时候其实是先从一个圈子里面出来的嘛，先是在诗歌圈子里得到认可，然后引起很大的影响，这样子出来的。所以我很好奇，"80后第一位诗人"这个称号是在怎样的语境下产生的？接下来又出现了一系列"80后"青年诗人，"80后诗人"就成了一个群体指称。您觉得这个"80后第一位诗人"和后面出现的这个"80后诗人"群体之间有什么必然的联系吗？您觉得作为一个被时代定义的群体，"80后诗人"又有什么共享的诗歌观念吗？

阿斐：关于"80后"这个话题，确实有很多人问到我，我先表明我的态度，对我来说，我不在意"80后"这个概念，所以在"80后"概念特别火热的时候，我其实是冷淡处理的。反倒是这几年，我开始重新关注"80后"，是因为我觉得它冷下来了，而我需要对它做一些梳理。我认为"80后"不只是一个昙花一现的年代概念，而应该成为一种文化的概念。对于诗歌来说，没有什么什么"后"，也没有什么什么"圈"，也没有什么什么"派"，但是对于人、对于世俗来说，需要这些东西，我认为它就是世俗生活中的"穿衣戴帽"工程。而人，或者说旁观的人，以及后来的人，来感知、来了解我们所处时代的那种诗歌的痕迹，他需要有这些东西来进行认知，就像通过宗教去认识信仰一样，宗教是人为的，但是你不能说它可以不需要、不存在，它需要存在，因为它是人通过它认识信仰的路径。而"80后"这个概念也是这样的，它其实也是一个别人通过这样一种世俗的、人为的，甚至让人讨厌的这样一个东西去认知包括我在内的各种写作者，他们的写作、他们的精神状况、他们的生活、他们的生命状态等等。

然后我也想首先表达一点，我不能说得了便宜还卖乖，也就是说"80后诗歌第一人"这顶帽子，其实给我带来了很多的争议，但同时也带来了很多的关注。因为这个标签看似无意义，但如果没有这个标签，也许很多人就不会关注到我的写作，因此这是我首先要表达的，我不能说我对它完全不在意，甚至认为它就是一个没有价值的东西。那么分两点来说：第一个呢，说我个人跟"80后"的联系；第二个说我对"80后"群体（的看法），以及你刚才所问的"80后"诗歌写作有没有一个群体的特征的问题。

我前面其实已提到，我在大学的时候就参与了互联网论坛这样一个诗歌时代，那个时候是互联网刚刚在中国特别火热的时候，那么我和其他很多的诗人一道，其实都像第一代网民一样，在（互联网）上面特别热火朝天，特别兴奋，我正好参与其中，因为我（当时在）上大学。我相比于其他的"80后"来说上大学比较早，我是1997年上大学，那时候其实还没有满17岁，然后毕业的时候，其实也还没有满21岁，但是很多的"80后"，此时可能还在上高中，上初中，甚至上小学。因此呢，我会比更多"80后"的那些写诗的人更早地参与到这种诗歌活动当中，参与到诗歌的热潮当中，尤其是互联网时代的热潮当中。所以呢，我认为在那个时候，在互联网诗歌论坛刚刚兴起的时候，大家都特别热衷于互相戴帽子，而"80后诗歌第一人"的这顶帽子应该也就是在这种背景之下顺理成章地戴到了我的头上。

回过头去看的话，其实有几件事情的确是有意思的：第一，"80后"的出场，在我看来，的确就是从诗人杨克在北京找到我，然后引着我进入这样一个所谓的诗坛，然后"80后诗人"，也就是当时19岁的我，开始进入诗歌界的公众视野。第二，当时有一个很著名的《诗刊》，一个民间诗刊叫《诗参考》，推出了"80后"诗人的诗，我是排在第一个。第三，在2000年（刚才说的《诗参考》也是2000年），《下半身》这个非常具有轰炸式（效应）的刊物（民间诗歌刊物）出世之后呢，我是里面的一员，并且在前言里面被着重提到，说"诗人阿斐生于1980年，很年轻，在此向大家推荐"。第四呢，当时的《中国新诗年鉴》在整个诗歌圈（甚至是文化圈）影响非常大，而我是第一个进入《中国新诗年鉴》"卷首推荐"的诗人，第一个"80后"诗人。然后在互联网的论坛上，也有一个说法是"'80后'从阿斐开始"。再加上在传统的诗歌刊物上，比如说在2001年的时候，我就在《诗刊》上发表作品，应该也是"80后"诗人第一次在《诗刊》上出场。所以以上我所说的这些，加起来可能就构成了这样一种认知："80后"是从我开始的。但我个人认为，我其实是"80后"诗人，或者说"80后"诗歌的一个先驱者。因为什么呢？其实当我在那里玩的时候，没有几个"80后"能真正地跟我在一块，因为很多人还没出来呢，还在上学呢，还在诗歌圈之外徘徊呢。那么后面的"80后"诗歌运动、各种热潮，其实都是由后面的很多诗人发起的，然后在很多诗歌刊物推"80后"的时候，甚至都经常忘了我是一个"80后"了。所以在一定程度上，我这个所谓的"80后诗歌第一人"的帽子是被那个时代给戴上去的，我甚至自己并不清楚这里面究竟有什么样的价值，虽然我认为它的确（像刚才所说的）给我带来了很大的争论，因为很多人不屑于理我，觉得"谁说你就是'诗歌第一人'"，然后同时呢，也给我带来了关注，"原来还有'80后诗歌第一人'阿斐这样一个人"。

那么再说到"80后"诗歌这一群人。关于这个概念我就不多说了，大家爱怎么理解就怎么理解，一般来说它还是一个时间的指称。我觉得对比之下的话，"80后"的写作者、"80后"的诗人们，其实是处在互联网时代兴起之后的这样一群人，同时也是诗歌"去中心化"开始的一代人，所以你会发现他们并没有一个非常明晰的、非常具体的美学特征。但是呢，我恰恰是从这里面发现了一个共同的特征，那就是"自由"。"80后"诗人的写作，我认为是真正地开始了"自由写作"这样一种状态。我认为在这之前中国的当代诗歌都不自由，都是在各种框框之内，都是在各种理论之内，都是在各种发表的阵地上、刊物上的这些诗歌，而"80后"的诗人，他可以逃离发表的中心，他可以为所欲为，他可以真的想怎么写就怎么写，他可以不需要理论，他也甚至不需要官方的关注或者主流的诗歌圈的关注，非常自由，从"80后"诗人起才开始了自由创作。虽然"自由"这个词是一个很俗的、很老的、很旧的一个词，但是在我看来非常可贵。为什么呢？因为中国的诗歌被束缚得太久了，这个束缚不只是外在的、世界的或者社会的束缚，也是诗人内心的自我的束缚。自"80后"开始，尤其是我，在我自己身上，不能说百分之百地打破了这种束缚，挣脱了这种束缚，但至少也可以说有百分之六七十挣脱了这种束缚，甚至有可能达到了百分之八十。我认为，在我们身上，在"80后"身上开始了自由的诗歌。这里的"自由"既是一种精神状态，也是一种审美，就像大家在我现在的诗歌创作中可以看到的，"自由"在诗歌中的呈现，让我的诗歌变得如此松弛，变得如此跟我们的生命、跟我们的生活、跟我们的灵魂合而为一。我认为"自由"可以让诗歌的面目、气质、内核变得更纯粹，更没有意图，没有目的性，没有功利性，诗歌因为写诗者的自由精神变得自由，变得成为诗歌本身。我能感觉到，从"80后"诗歌开始，越来越多的诗人不再为理论、不再为山头、不再为流派，甚至不再为利益等等而写作了，我觉得这个是我们带来的价值。

周：您那时有"80后"诗人群体，我们现在也有"90后"，现在的情况也像您说的，这里面的差异太大了，其实根本无法以群体的名义囊括他们。如果单纯用时代的名义定义他们可以说太过笼统，但实际上这个名号确实增加了他们的曝光率，公众通过这个噱头会对他们更加好奇，通过这个渠道又会更加了解他们和他们的作品。刚刚您说"80后"的时候，好像也是这个感觉，我记得之前您在采访中说过"'90后'其实是对'80后'的一种延伸"，我想请您阐释一下您的这个观点。

阿斐：因为在我看来，不管是"90后"还是后面要出现的"00后"，其实都是一个年代划分法的滥觞，所以我会认为"90后"其实是"80后"写作的一个延伸。那么另外一个层面呢，我也认为其实诗歌的自由写作，或者说自由的诗歌，"80后"仅仅是一个起始，需要后面更多的年轻诗人参与到真正的自由的写作、不受束缚的写作当中来。在一定程度上，我会认为诗歌的本质是自由，而我们正在触达这个本质。如果说真的有区别的话，可能是有部分的语言元素的区别，但其实我认为，比如说现在我的写作，我认为也可以理解成是一个"90后"的写作。为什么？因为在我的生活里面，甚至在我的工作当中，我会不断地去接触各种新鲜的语言元素，我会把它运用到我的诗歌当中。那么还有一个呢，是我的一种理解，我不知道是不是对的，并没有去做过调查，就是我认为"90后"的诗歌写作，会比"80后"的诗歌写作在自由这个程度上走得更远。你看，"80后"诗歌几乎是一盘散沙，而"90后"更是一盘散沙，我认为诗人、诗歌是一盘散沙，它就对了。一盘散沙的背后，其实是"去中心化"，其实是自由。我热爱"一盘散沙"的诗歌时代，我非常喜欢，我为它欢欣鼓舞。

周：您前面曾提到现在的工作、生活，也说诗歌是真诚地面对自己的生活。那您现在的工作、生活是一种什么样的状态呢？这些实实在在的日常现实，是不是有时候会占据太多时间，而导致没有太多时间给写作？

阿斐：是的，因为对我来说不是为了写诗而写诗，我认为写诗其实是一个很做作的动作，真正的诗歌是在日常生活中，日常的思考、日常的生命状态、日常的灵魂状态中存在的，而写诗是把这里面的东西扒拉出来，挖掘出来，然后展示给自己以及更多的人看。我经常跟我的同事们说，在我35岁之前，我基本上没有很好地、用心地、认真地工作过，而我这几年特别用心，特别努力，比如说去年，我估摸了一下，我的平均的工作时长可能接近12个小时。我现在是做互联网行业，以前我是做媒体的。我在互联网公司里管理团队，每天有各种琐碎的工作要处理，确实特别忙。但是我能感觉到我比以前更快乐，更享受工作本身，因为在我看来工作也是我生命中的一部分，它甚至也是我的修炼场。但是，尽管很忙（真的很忙），要管很多人、很多事，我几乎每天都会写诗，并且很多时候我写完都发到朋友圈，我的同事们也都能看到，也有很多同事点赞，喜欢我写的诗，我都很高兴。我每天大概有半个小时、一个小时这样的时间，哪怕回家再晚，我都希望自己能有这样的时间做一个诗人，让我不至于在琐碎的工作、生活当中丢失自己。因此，可能我目前没有大块的时间来写大块的东西，但是我每天都会安排时间让自己回归到那个我喜欢的、跟工作场上不太一样的那个我，回归到一个纯粹的、简单的、干净的诗人的状态。很有意思的是，我觉得我的很多同事会因为我写诗更加欣赏我，我挺感恩的。我甚至对一些同事可能还会有一些影响，比如说会有跟我关系还比较好的同事，用我写诗的这种分行的方式来写朋友圈。我很开心,我觉得能得到认可,不管我年纪多大,不管认可我的人比我小还是比我大,资历比我浅还是比我深,我都很开心,这也可以归结为诗歌给我带来的快乐。同时即便是我写这些琐碎的日常生活,但其实并不只是简单的生活而已,我认为我并没有放弃挖掘的深度,也并没有放弃视野的开阔度,可能会泥沙俱下,可能一年我写两三百首诗,也许只有二三十首能拿得出来,但是我愿意做一个沙里淘金的诗人,而不愿意做一个炼金术士一样的诗人。我觉得中国的诗歌、中国的诗人就应该是这样的。因为我有自己生存的手段,有自己生存的能力,我不希望通过诗歌、写作去获取自己生存的资源,虽然我并不反对,但我总觉得在这个时代,让我的写作、我的诗歌更纯粹一些,就可以让我写得更自由,让我更没有捆绑,没有任何的牵绊,甚至也没有太多的野心。其实这里面还有一个背景,就是我来了杭州之后,我把以前我不屑的古诗重新从故纸堆里面找了出来,我在杭州的这段时间里面大量地阅读全唐诗、全宋词,我就发现,对唐朝的诗人来说,所有的事都是信手拈来、兴之所至,想写就写,想写什么就写什么,想怎么写就怎么写,我觉得这就是中国诗人的状态,这才是中国诗人的状态。

周:嗯,其实这也是我羡慕的写作状态。就我个人而言,我平时也写诗,但我写得就特别慢。接下来这个问题其实也是我个人的困惑,我很好奇的就是,诗歌真的是不可或缺的吗?您可不可以设想一下,逃离诗歌或者说放弃写诗对于一个诗人来说意味着什么?反正不管什么样的原因,就是不能写诗了,您觉得这种情况对您来说可能意味着什么?

阿斐：我分两个维度来说，我先说一般化的人，然后再说我自己。其实我认为诗歌是包括有形的诗歌和无形的诗歌。我认为对每个人来说，他其实一生都跟诗歌脱离不了关系（我说的是包含了有形或者无形的诗歌）。因为在我看来，一个人的生命、一个人的存在，以及那些鸡毛蒜皮的生活本身都是诗歌，这也是我愿意把这些东西都变成诗的原因，它就是诗。所以不存在一个人会跟诗歌脱离，或者说跟诗脱离，去掉"歌"那个字。但并不是所有人都能意识到这一点，尤其是现在的中国，你会发现离开诗，或者说意识不到诗歌是生命的组成，甚至"诗歌就是生命，生命就是诗歌"这样一种现象的人有很多。现在的许多人过得很苦，哪怕再有钱、再有权、再有势、再得意忘形。也就是说，一个生命里面，诗歌存在的痕迹没有，或者意识不到这种存在的人，我认为是可悲的。有句话说"人，诗意地栖居"，我对这个的理解是，人本身就是诗意的栖居地，这个身体、这个生命、这个灵魂本来就是诗歌的载体。

再说到我。对我来说，首先我也是一个普通人，我很庆幸我的生命和诗歌、我的生活和诗歌，是融在一起的。那对我来说还有一个有形的诗歌的创作。我不会放弃诗歌写作。为什么呢？因为心里充满，口里说出，手下就写出来。这对我来说是一个非常自然的由内而外的表达过程。只要我还活着，还有意识，还能思考，还能感受美，还能去爱，那么我的诗歌写作就不会停止。而且在我看来，对我而言，这种诗歌写作不可或缺，就像现在，在工作之余我写诗，它可以让我回到我非常喜欢的、非常享受的那个"诗人的我"的状态。

我再补充一点，就是关于中国的诗歌与诗人（我说的是当代的），我们会发现其实有很多诗人，他逃离诗歌，甚至是逃离诗歌圈之后会嘲笑诗歌，嘲笑诗人。我觉得这里面其实有一种很奇怪的东西在作祟。为什么呢？在中国（我不知道其他国家是否如此），但凡会写分行的文字的人，就希望自己是一个诗人，希望自己是一个著名的诗人，希望自己是一个在各种官方刊物上发表作品的、得到认可的、得到很多奖项的诗人。一旦他的这种愿望不能满足，甚至发现好像那些写得比自己差的诗人也可以到处发表作品，也可以成为著名诗人，甚至是成为著名的诗歌刊物的主编，那么他们就觉得"啊，诗歌出了问题"，"诗人出了问题"。其实对我来说，不是的。因为任何一个时代都会存在这种情况，如果你因为别人而放弃了自己的坚持，其实问题不在别人，而在自己。这也是我要相对地让自己的写作变得纯粹的原因，我希望我的诗歌写作不受圈子的影响，不受别人的影响。所以我不会放弃诗歌写作，同时也不会去追逐发表、得奖、得到圈子的认可。我反倒希望得到我的同事们，那些不是诗歌圈子中的人，那些很多诗人眼中的凡人，那些生活中世俗的人的认可，而不太信任当下很多的诗人。